AF481308

# Antinéa

## La passagère du Sagona

**Timéo danaos et dona ferrentes**
« Méfie toi du grec quand il te fait des cadeaux »
(Virgile, l'Énéide)

# Sommaire

**L'Auteur**

## **Prologue.**

Le Grec, de son vrai nom **Sagona,** c'est un cargo à vapeur de 54 m de long, sur 8,5 m de large et 6 m de tirant d'eau, doté d'un moteur à vapeur de 98 cv pour une vitesse maximale de 11 nœuds, qui a été construit par les chantiers Dundee Co, en Écosse, en 1912 pour la Compagnie Reid Newfoundland. Celle-ci l'exploite pendant la période 1912 à 1923, notamment dans le nord de l'Atlantique, en zone semi-polaire à Terre-Neuve, province du Canada proche du Groenland. Puis il est repris par l'État de Terre-Neuve jusqu'en 1942, pour un service local sans histoire dans les eaux froides du Labrador. Puis c'est la Compagnie Culliford Associated Lines qui acquiert le cargo vraquier pendant la durée de la seconde Guerre mondiale, jusqu'en 1945, année où il est repris par une compagnie grecque, Zarati SS Co, dont le siège est situé à Panama.

Sous pavillon de complaisance, mais avec un équipage grec, il va traverser l'Atlantique pour ce qui va être son dernier service, dans les eaux méditerranéennes.

Le 3 décembre 1945, le Sagona, officiellement chargé de vin, s'engage dans la passe entre les îles de Port-Cros et Porquerolles. Cette zone, qui a été minée pendant le conflit, n'est pas encore complètement sécurisée et il n'est pas rare d'y découvrir quelques mines oubliées, comme ce fut le cas à peine trois semaines plus tôt, avec le Prosper Schiaffino, dit « le Donator », qui a coulé dans le secteur, suite à l'explosion d'une mine. Et justement, c'est à trois cents mètres de là que le Sagona touche à son tour l'un de ces engins, qui l'envoie immédiatement par le fond, faisant deux morts et un disparu.

Le reste de l'équipage est recueilli par les bateaux venus à son secours, comme l'équipage et les papiers du bateau sont grecs, l'épave est depuis cette époque, surnommée :

-   Le Grec !

C'est aussi, ce qui est relaté dans le rapport de mer.

Ce qui ne manque pas d'être surprenant quand on sait que le Donator à lui aussi fait naufrage dans les mêmes circonstances, quelque temps avant, au même endroit. Une bien surprenante coïncidence non ?

Ce qui apparaît pour le moins fâcheux et qui pourrait quand même être mystérieux quand on voit la similitude de ces deux événements dramatiques.

Mais, dans le cas qui nous intéresse, ce qu'il y a de plus troublant encore c'est que ce navire est baptisé « Le Grec ».

Pourquoi ? Parce que dit-on des documents trouvés sur l'épave font état de son dernier propriétaire, la Compagnie Zarratis SS CO.

Mais cette origine grecque, il n'y pas que ce navire qui peut la revendiquer.

Que non ! Il y aurait eu à son bord une personne de sexe féminin qui se disait-elle, être originaire d'une Île du Péloponnèse.

Je me suis donc penché sur ce problème historique et vous allez en apprendre de belles sur…Antinéa.

Mais d'où tient-elle cette appellation ? Et que venait-elle faire à bord du Sagona. Qu'est-elle devenue ?

A-elle disparue dans la catastrophe ?

Là aussi, aucun document n'en ferait état. Alors…

Vous allez en savoir plus dans les pages qui suivent et sur un trésor célèbre qui a fait couler beaucoup d'encre :

  -   Le trésor du Tedeschi comme on le nomme en Corse.

Où, plus célèbre « Le trésor de Rommel » qui a fait couler beaucoup d'encre certes, mais aussi et très certainement du sang.

Celui de ceux qui trop curieux s'en seraient trop approchés ?

Dont certains scaphandriers lourds marseillais, ceux qui plongeaient avec le casque.

Eux n'en ont pas parlé de ce trésor, mais d'un coffre dont on ignore le contenu.

Alors une rumeur, un véritable piratage de ces gens qui en savaient beaucoup sur ce que l'on trouvait au fond des mers, et qu'ils jugeaient leur appartenir. Avec peut être une juste raison quand on sait combien leur métier avec ce lourd matériel pouvait se révéler dangereux

Ce qui en fait, leur octroyait un droit, pour ainsi dire coutumier. Dont ils usaient avec abondance leur créant quelques altercations avec les représentants de l'autorité maritime :
-    Tout ce qui est au fond de la mer doit appartenir au scaphandrier

Ajoutant, sarcastique :
-    Sinon, vous pouvez toujours aller cle chercher vous-même !

Alors, ce serai une légende ? Mais non, c'est bien autre chose comme vous allez le découvrir dans ces pages.

**Dr. Arnim von Kartofenn**

## Une Mata Hari gréco-italique

« …Une splendide plante ou plutôt une belle nature dans laquelle on sentait une santé libidineuse débordante. Avec des yeux prometteurs de perversions, une bouche à croquer le fruit défendu, de grandes jambes longues qui lui remontaient jusqu'au bas de ses reins callipyges sur lesquelles venaient s'ébattre une longue chevelure brune et enveloppante… »

Le tout, comme on peut s'y attendre, appelant des étreintes torrides. En fait un véritable péché mortel pour un malheureux capélan rigoriste de passage dans ce lieu où, pourtant il n'aurait rien eu à faire.

C'est ainsi qu'à Berlin, le 2 décembre 1942, l'amiral Arnim von Kartofenn, l'un des chefs de la redoutable Abwehr, voit apparaître dans son bureau cette si particulière créature.

Homme intègre, il a quand même un choc. Cependant, reprenant son sang-froid germanique, d'un geste large se voulant courtois, il invite cette splendide et sulfureuse représentante du sexe féminin à prendre place dans un fauteuil se trouvant face à son bureau.

Ce qu'elle fait, ne manquant cependant pas de croiser ses jambes très haut, et faisant crisser ses bas, véritable appel à une découverte de charmes prometteurs. Lui, ayant repris rapidement ses esprits, sort un dossier marqué en lettre noire « Géheime Stat Polizeî… » ou Gestapo, et en fait une lecture froide et concise :

- Ainsi, vous vous nommez Sophia Cytéros, née le 13 novembre 1915, dans le Péloponnèse. Je relève une imprécision sur votre lieu de naissance, mais peu importe. Vous êtes donc grecque et inscrite chez nous avec le matricule « SA 11 » sous le titre « Croqueuse », très évocateur, je le reconnais bien dans votre cas, quand on connaît votre spécialité.

  C'est-à-dire séduire des officiers ennemis que vous rencontrez, dans des établissements nocturnes où, vous vous produisez très fréquemment le soir comme « Chorégraphe mythologique ».

- Vous y avez été présente aussi, comme artiste italienne, au cours d'une opération où l'on vous connaissait sous l'appellation « la Bella Ragazza cantabile». Où l'on vous décrivant donc aussi comme capable de produire des vocalises passionnantes.

  Mais, beaucoup mieux, vous revenez plus souvent, dans votre vocation d'origine, sur scène, comme danseuse sous de légers voiles, incitant la gent masculine présente à se livrer pour vous à toutes les compromissions.

  Vous y réussissez bien quand je vois votre tableau de chasse éloquent. Parmi de nombreux adversaires de tous grades auxquels vous avez extorqué des renseignements de valeur, votre plus beau coup, si j'ose m'exprimer ainsi, a été un général britannique. Ce dernier dans le feu de l'action, excusez-moi encore, n'a pas hésité à vous dévoiler toutes les données d'une attaque, dans l'île de Pataros…

  Nous en avons fait bon usage et réduits à néant cette tentative en attendant ainsi les troupes adverses qui n'ont pas pu franchir le bord de mer.

  Seule ombre au tableau, cet officier d'état-major, s'est suicidé quelques jours après, en se tirant une balle dans la tempe.

  Ce qui est bien dommage, vous auriez pu continuer à exploiter cette source, mais pour lui les remords de sa faute étaient certainement trop lourds aussi…

C'est à ce moment que la belle espionne le coupe, et prend la parole avec un accent slave bouleversant :

- Erreur votre honneur, il ne s'est pas suicidé pour m'avoir donné les plans de son débarquement, fou d'amour, il n'y songeait même pas. En fait, c'est parce que j'ai dû le quitter. Non, soyez certain que ce brave Anglais, je le tenais sous mon charme. Pouvez-vous en douter ? Il n'a pas supporté notre séparation, c'était un être fragile.

Ce que Von Kartofenn admet volontiers en parcourant le palmarès complet de cette sulfureuse partenaire.

Suit une liste d'exploits dus aux compétences charnelles de cette collaboratrice dont le nom de guerre, correspondant si bien à la réputation d'une dévoreuse sexuelle des hommes l'approchant. Et pour cause, la belle Sophia ayant fait des débuts prometteurs dans des bastringues portuaires. S'agissant de ces lieux de débauche, comme on en trouve sur le littoral méditerranéen.

Son frère Achille Proxopoulos, vendeur de faux objets d'art antiques, domaine dans lequel il s'était fait une solide réputation auprès des touristes anglais se trouvait être aussi Souteneur familial. C'est donc grâce à lui qu'elle avait pu se sortir de ces endroits sordides, et peu rémunérateurs.

Il l'avait présenté et, pour une fois gratuitement, à l'un des ses clients, un lord écossais toujours prêt à se faire valoir comme découvreur de pièces antiques.

Véritable « Uncle du Nord », il avait initié la belle aux bonnes manières de la haute société britannique, la présentant comme une lointaine nièce.

Mais, ayant à fournir souvent des assauts amoureux, son cœur baignant depuis longtemps dans les meilleurs whiskys single malt, n'avait pu tenir le choc.

Il s'était éteint brutalement dans les bras de sa parente, tel un ancien président de la République française, rendu célèbre lors d'un décès similaire.

Le chagrin de Sophia fut bref, car il lui laissait notamment une partie de ses biens en bons du Trésor de sa Majesté, et un coffre de bijoux qu'elle lui faisait combler lors de chacune de ses fougueuses prestations.

Songeur, l'amiral cesse donc de feuilleter ces pages dangereuses et va donc arrêter là, pour reprendre l'énoncé du projet destiné à sa belle espionne.

Von Kartofenn appuie alors sur un bouton qui ferme, avec un claquement métallique, un verrou sur la porte de son bureau indiquant qu'il ne doit, en aucun cas, être dérangé.

Quittant l'affriolant spectacle des longues jambes de la belle Sophia, il commence :

-   Effectivement, j'ai besoin de vous pour une mission bien plus délicate cette fois-ci.

Je note que vous êtes souvent assisté de votre frère Achille Proxopoulos et qu'il vous sera sans doute possible de faire appel à ses services.

Lui aussi nous est bien connu depuis qu'il nous a aidés à mettre sur le marché financier anglais une quantité significative de fausses livres sterlings, nous permettant ainsi d'envisager de mettre en place un projet destiné à ruiner l'Angleterre.

Vous n'ignorez pas que devant notre situation sur plusieurs fronts, notre Führer à décider de lancer la construction de nombreuses armes secrètes qui devraient inverser le cours de la guerre. Ce qui actuellement se révèle, pour nous, défavorable. Mais ceci coûte cher et nos finances sont au plus bas, votre rôle sera donc prépondérant.

Il y a en ce moment en Tunisie une équipe, d'individus mandatés, certains par Heinrich Himmler et d'autres par Hermann Göering, qui recherche et s'approprie des trésors provenant des opérations du Feld-maréchal Erwin Rommel. Ce dernier trop occupé par sa guerre, n'étant pas au courant de ces louches activités. Surtout que ces trésors sont de provenances diverses. Certaines, très lointaines, pillées lors de la conquête de l'Érythrée par les troupes italiennes.

Les soldats du Duce n'y sont restés que quelques mois, comme vous le savez, mais ils ont pris le temps de faire main basse sur des lingots d'or et des pierres précieuses abandonnées par le Négus lors de sa fuite. Comment cela est-il arrivé jusqu'à Tunis, je l'ignore mon « honorable correspondant » sur place en aurait eu lui connaissance.

Il vous en fera part bien que cette partie historique ne nous concerne pas.

Vous devrez donc vous en emparez par tous les moyens, je dis bien tous les moyens qui vous paraîtront nécessaires.

Mais dorénavant votre nom de guerre va changer et vous allez devenir « Antinéa », une appellation bien plus proche de votre mission et surtout relevant parfaitement de son but, le trésor. Je vais vous en dire plus sur sa légendaire provenance.

L'amiral se lève et s'approche de la longue bibliothèque qui couvre l'un des murs de son antre. Il en sort plusieurs ouvrages dont un en particulier qu'il remet à la belle espionne :

- Voici l'ouvrage du français, Pierre Benoit « l'Atlantide », qui va vous décrire parfaitement son principal personnage une femme au destin sinistre la terrible Antinéa.

- Dans son royaume des sables au fin fond du Sahara, elle attire des hommes, les rend fous d'amour et les abandonne les poussant au suicide. C'est romanesque, mais il ne s'agit là que d'une fiction où cependant vous auriez pu avoir votre place, convenez-en à la suite de la fin de votre major anglais.

Et feuilletant d'autres livres :

- Si le titre me convient, il faut aller plus loin car, tenez-vous bien, le trésor du Négus serait en fait celui de l'Atlantide. Mais qu'est-ce donc pour vous que ce lieu ?

Effectivement Sophia ouvre grands ses yeux d'habitude plus pervers. Arnim continue :

- L'Atlantide, belle enfant, c'est un ancien continent qui se serait trouvé au milieu de l'océan lui donnant ainsi son nom. Il est cité largement par l'un des ancêtres de votre pays, le philosophe Platon, qui le décrit dans le Critias comme un royaume ou foisonnait l'or allant jusqu'à servir de toiture pour les temples de leurs dieux de la mer. À la suite de quoi sont nées des légendes où il est toujours fait état d'énormes stocks de ce métal précieux.

De là à le faire figurer au Sahara et ensuite pourquoi pas ensuite en Érythrée, tout devient possible.

Peu importe cette page historique relevant à mon avis de l'ésotérisme le plus complet.

Ce qui intéresse le Reich et nos dirigeants, c'est celui qui se trouve actuellement en Tunisie entre nos mains.

Et je compte sur vous pour le voir transférer à Berlin dans un délai rapide.

- Pour ce faire vous ne serez donc plus « Croqueuse » mais Antinéa pour les services secrets du Reich !

- Comme vous pourrez le lire dans cet ouvrage, votre nom d'agent mystérieux correspondra parfaitement aux aventures de l'héroïne qui y figure.

- Et, je n'ai pas peur de le dire, ayant lu en détail votre dossier, ce besoin qu'ont les hommes que vous rencontrez d'être prêt au plus lourd sacrifice.
- Je ne peux que vous conseiller de vous attarder sur les pages particulières à ce sujet.
- Surtout que ce genre de mâles un peu fou, vous risquez fort d'en rencontrez pendant la mission qui vous est confiée. Ces malheureux, que je ne devrais pas plaindre s'agissant d'ennemis potentiels, ne se rendrons pas comptes de vous menées. Où alors quand il sera trop tard…De profondis….

**L'agent Sophia Cytéros « SA 11 »**
**Dite « Antinéa »**

# L'agent Antinéa

Entendant parler d'or et de bijoux, la belle Sophia redouble d'attention, peu intéressée par l'histoire de cette égérie antique, même si les mœurs de celle-ci sont proches des siennes en matière de consommation des représentants du monde masculin. Pragmatique, elle questionne donc son supérieur :

- Comment vais-je être acheminé en Afrique du Nord et quelle aide puis-je trouver sur place.

    Et, en tout cas, ne pas compter sur moi pour l'un de vos largages en parachute.

    Lors de la conquête de la Crête, vous m'avez fait sauter, sortant d'un Ju 52…

…au milieu de vos hommes afin qu'il me soit possible d'être la première à terre.

    Si j'ai conservé un excellent souvenir de tous ces solides gaillards, une certaine partie postérieure de mon anatomie a eu à en souffrir, vos parachutistes n'y étant cependant pour rien.

    Non, c'est ma réception au sol qui a été brutal et mon fessier pourtant ferme à été endommagé pour un ITT de 10 jours accordé par le médecin major.

    Alors, trouvez-moi un autre moyen de transport.

Von Kartofenn sourit heureux de voir que son espionne favorite va droit au but posant des questions essentielles :

- Rassurez-vous belle Antinéa votre corps somptuaire arrivera en excellent état sur le sol africain.

Vous allez embarquer à Toulon sur l'un de nos sous-marins, spécialisé dans les « coups tordus » comme disent si bien les français. Il vient juste de rentrer d'une mission. Vous serez mis à terre, de nuit au cap Bon, par l'un de mes officier préférés le beau Kapitan-leutnant zur see, Gunther Schnauzer dit « Torpédo Gunther » ainsi nommé par son équipage, au vu de ses nombreux torpillages et ses capacités pour échapper aux grenadages suivant ses attaques fructueuses.

Il sera non seulement votre officier traitant mais aussi le commandant de l'unterseboat U-50 qui va vous faire parvenir en Tunisie. Vu l'importance de cette mission, une fois arrivé sur place il devra remettre le commandement de son navire à son second et vous accompagnera à terre. Car croyez-moi avec de ce qui vous attend sur place, vos charmes que je sais cependant ravageurs ne suffirai pas. Ce garde du corps, le vôtre en particulier, devra écarter des gens qui eux seront tout d'abord plus intéressés par l'objet de vos recherches que par vos offres perverses.

Sophia, sûre d'elle, choisi de sourire, mais écoute la suite attentivement :

- Je m'explique, mais vous allez tout d'abord me signer ce document incluant votre responsabilité totale dans le secret de ce que je vais vous confier. Vous notez qu'il porte déjà la signature de votre accompagnateur qui était, il y a une heure dans mon bureau.

Voilà qui est fait, je peux donc vous remettre le dossier qui contient votre ordre de mission. Vous allez rejoindre votre associé dans les locaux de réception que nous mettons à votre disposition dans les étages supérieurs

Il vous restera à définir et à compléter ensemble le mode d'exécution pour mener avec succès la récupération de ce que certains nomment déjà à tort « Le trésor de Rommel ».

Sophia réfléchit longuement mais elle sait très bien qu'elle ne pourra pas refuser cette mission. Elle n'ignore pas la situation stratégique de ses employeurs qui retraitent sur tous les fronts et elle se dit qu'il serait peut-être bon de changer de bord.

Elle pense à revenir a ses origines, au moins pour quelque temps,là où elle se produisait dans le villages, se faisant tout simplement nourrir et héberger par la population présentant des danses folkloriques

Mais cela ne va pas être facile, alors en fin de compte, elle va partir quand même sur ce sous-marin et qui sait séduire son commandant pour se faire déposer dans une île perdue en attente de la fin du conflit.

Oui, mais un trésor cela peut se perdre, se dissimuler quand lui vient une idée machiavélique.

**Le beau « Torpédo Gunther »**

# Le Kaleun du U-50

Il est grand, il est beau. Sophia qui est experte en la matière se dit que, selon une chanson française à la mode, il pourrait aussi sentir le sable chaud. Ce qui est on ne peut plus vrai quand elle toise avec un regard déjà gourmand son associé.

Un bel exemple d'aryen blond, bien sûr, d'une taille au-dessus de la moyenne, des épaules souples de nageur. Ce qui s'explique quand on lit dans son dossier, qu'il sort du cours de Nageur de combat, chez ses amis italiens de la Décima Mas.

Ce séjour lui procurant un bronzage rare en ce moment dans la capitale du Reich où les bombardements alliés vous font passer à la population beaucoup de temps dans des abris obscurs loin d'un soleil souvent chiche.

Les deux agents de l'Abwehr, se sont très vite compris et ont décidés avant de se mettre au travail, de se connaître, bibliquement bien sûr. À table tout d'abord après s'être fait servir du caviar pillé sur le front de l'est et qui, au vu des défaites allemandes, devient de plus en plus rare. Par contre, la France peut continuer à fournir ses meilleurs crus et surtout des champagnes millésimés.

Le studio mis à leur disposition est assez grand avec des ouvertures donnant sur Berlin, Les vitres ne sont pas opaques comme c'est souvent le cas, mais garni de bandes collantes destinées à éviter leur éclatement lors des attaques des bombardiers. Événements désagréables certes, mais que le couple a décidé d'ignorer, ne tenant pas plus à voir à cesser leurs activités lors de chaque alerte aérienne.

Lesdites activités se partageant équitablement entre le dossier remis par Von Kartofenn et les ébats amoureux qui ont d'ailleurs été traités en premier.

Cela au grand dam des gardiens qui leurs sont alloués interdisant toutes sortie en ville. Ils se sont d'ailleurs plaints auprès de leurs supérieurs des vocalises de la belle Antinéa, sous les assauts virils de son « officier traitant ». Ce dernier mettant en exergue avec vigueur l'adjectif de cette fonction.

- Gunther, tu me ruines, je ne vais pas pouvoir travailler, n'oublie pas que nous n'avons que trois jours comme tu as pu le lire sur la première page.
  Ton U-boat à cette date, doit être prêt à appareiller de Toulon.

Il est vrai que lui de son côté, malgré une musculature parfaitement entretenue, se dit que ses reins commencent à fatiguer. Alors, aussi au réveil, il devient sérieux après un copieux petit déjeuner. Il commence à parcourir le dossier et les ordres qui y figurent laissant sa belle associée finir sa courte nuit dans un demi-sommeil :

- Voyons donc ce qui est dit page deux où nous en sommes restés hier soir. Nous devons une fois à terre, retrouvés sur place l'honorable correspondant. Lui sait où se trouvent les lots de lingots et pierre précieuses.
  C'est un Français, d'origine corse, un nommé Petru Corallo. Il est prêt à nous y conduire moyennant une rétribution dont nous devrons discuter avec lui sur place. Avoue que c'est surprenant que cet ennemi potentiel soit si peu exigeant alors qu'il possède les éléments lui permettant de s'approprier le tout.

Le beau teuton ne sait pas à qui il a affaire et risque d'être surpris des suites provenant de cet arrangement qui paraît si simple. Il pense d'ailleurs en tirer profit se jugeant le conquérant donc pouvant s'emparer du tout.

- Bon, passons, ensuite nous devons retrouver le nommé Achille Proxopoulos, tu le connais c'est un grec non ?

Sophia toujours couchée, faiblement éveillée, tend soudain l'oreille et fait un bond hors du lit et en riant :

- Mais bien sûr c'est mon grand frère ! Tu peux être tranquille le magot va être vite mis à l'abri. Il faudra néanmoins garder un œil sur lui, il risque de mélanger facilement ses poches avec celles de notre mission.
- Mais, rassure-toi, cela va être facile, il a dû arriver avec sa grande felouque pour embarquer le tout.

Gunther la coupe et reprend :

-   Que non, ce n'est pas avec la barcasse de ton parent voyou que cela va se faire. Je lis que nous devrons utiliser un cargo confisqué « le Sagona » un vraquier transporteur de barriques de vin au sein desquelles il sera facile de dissimuler le butin. Ensuite, il sera livré à Toulon où mon U 50 le prendra en charge direction l'Allemagne.

    Et c'est là, triste fin, que je serai obligé de te quitter. Aussi, utilisons bien temps qui reste et qui passe bien vite…

Carpe diem, le couple a raison de profiter de ces moments intenses ne sachant pas ce qui les attend lors de cette mission semée d'embûches. Ce qui va d'ailleurs se matérialiser très vite dès la sortie de la rade de Toulon.

**Le destroyer « Darling Clémentine »**

## La rencontre avec le « Darling Clémentine »

- Baissez le périscope ! Plongée à 90 mètres, l'équipage à l'avant ! »

Cet ordre et le bruit qui l'accompagne vient de réveiller Sophia, endormie dans la couchette du commandant du U 50, qui lui a été allouée.

La seule cabine du bord, avec recommandation d'en sortir le moins souvent possible. Effectivement l'Unterseboat de 1500 tonnes, un modèle standard dans la Krieg marine qui a largement fait ses preuves, n'est pas d'un grand confort et « Torpédo Gunther » ne tient pas à ce que sa splendide partenaire, mettent le moral de l'équipage à l'envers.

Mais elle est quand même surprise. Effectivement, ils ont bien appareillé, il y a vingt-quatre heures de l'arsenal de Toulon, de nuit pour éviter d'alerter l'ennemi.

Ils ont tout d'abord dû franchir le champ de mines fermant les approches entre les îles de Porquerolles et Port Cros.

Tout s'est très bien passé, avec les recommandations des officiers du port leurs transmettant les tous derniers renseignements, sur les dangers représentés par l'ennemi qui veille au large.

Tout d'abord des patrouilles aériennes de bimoteurs américains souvent des P 38 Lightning.

Et ensuite, le destroyer anglais stationnaire devant le cap Sicié, toujours là en embuscade.

Dangereux comme un chien de garde bien dressé, il a déjà deux U-Boot à son actif.

Il est maintenant bien connu des services de renseignements, car recevant les avis d'appareillages des sous-marins transmis par des ouvriers de l'arsenal, faisant partie de la résistance.

Gare au malheureux qu'il prend en chasse. Gunther le connaît bien le « Darling Clémentine ». Il réussit à lui fausser compagnie à chacune de ses sorties. À peine après avoir franchi la grande passe, il se tient proche du fond et se coule entre les îles de Porquerolles et du levant.

Il a procédé de la même manière cette fois-ci, mais l'ennemi a dû se méfier. Gunther l'a pris mal quand une demi-heure plus tôt, alors qu'il était en surface en fin de nuit, l'un des veilleurs à donner l'alarme :
-    Un navire dans le 350 Her Kaleun !
     C'est l'anglais et il vient sur nous.
La plongée du sous-marin a été rapide.
Malgré cela depuis deux heures, le destroyer les cherche.
Il y a eu un moment désagréable quand l'onde du sonar ennemi s'est attardée, tel une poignée de graviers frappant la coque du sous-marin.
Ce qui a été suivie d'une pluie de grenades.
Cette fois-ci le commandant du U-boat s'est mis en colère et voulant en finir, il a laissé l'ennemi s'approcher et vient de lui tirer une torpille.

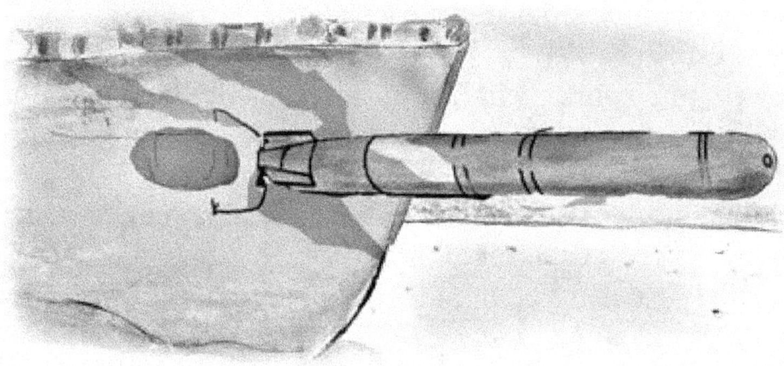

L'anguille d'acier file vers son but et le temps passe.
En vain, pas d'explosion, l'Anglais s'en est tiré de justesse,
Par contre, cela n'a pas manqué de faire réfléchir le britannique, se disant qu'il a ce jour-là, un adversaire coriace et même dangereux :
-    C'est encore ce damned Torpédo Gunther, il a vraiment
     mauvais caractère et manque de fair-play. Un sous-
     marin doit se cacher et non pas attaquer...où allons-
     nous ?

Quelques heures après et des jets de grenades, il abandonne se disant qu'il lui suffit d'attendre un autre U Boat moins coriace. Gunther donne maintenant l'ordre de prendre le cap pour la route qui doit le mener en Tunisie
-    Cap au 200 pour trois heures, Second vous prenez la suite
Il retourne se reposer dans sa cabine ou sa couchette va ^tre étroite pour deux, mais qu'importe, il vient de se sortir d'un beau guêpier.

**Atterrage sur le cap Bon en Tunisie**

# L'arrivée à Bizerte.

Le U-boat va traverser le Médiiterranée, sans trop de problèmes
Il ya abien eu des alertes dues à des avions sortant des nuages
Dont un la plus précise et la plus dangereuse de la prt d'un avion
italien. Ce qui afait rager Gunther :

- Maudits Piantis qui ne savent même pas recoannaître leurs alliés

À la suite de quoi il a choiside naviguer en surface la nuit.
Set c'est donc normalement qu'il est appelé un matin au poste
central.

- Herr Kaleun, le sondeur indique la remontée du fond

Gunther fait hisser le périscope :

- Chassez partout !

La mer est calme et le soleil levant brille laissant deviner, dans
une légère brume la côte africaine proche.
Le U Boat est maintenant en surface au large des côtes
tunisiennes à environ un mile du port de Bizerte. L'équipage est
en train de voir son commandant, « Torpédo Gunther » quitter
le bord en embarquant dans une grande felouque provençale, se
trouvant fort justement sur place, et qui vient d'abattre sa voile.
Elle mesure environ douze mètres, ce qui lui permet de naviguer
en haute mer.
Sophia folle de joie vient de se jeter dans les bras du pirate, brun
et barbu qui gouverne cette embarcation typique.

- Achille, mon frère, tu es toujours là juste à temps !

Se tournant vers Gunther :

- Je te l'avais bien dit que l'on pouvait compter sur lui.

Coupant son enthousiasme :

- Ne tardons pas au risque d'être repérés. Si j'ai choisi de ne pas entrer au port, c'est pour, suivant les ordres, ne pas faire connaître notre présence qui pourrait alerter nos collègues si, ceux-ci sont en possession de ce qui nous intéresse. Néanmoins, notre sous-marin reste dans les parages.

Dans les minutes qui suivent le U-boot plonge et disparaît de la
surface des flots. Achille vient de hisser la voile et se laisse

pousser lentement vers le port par une légère brise matinale portante. Il va profiter de ce long moment pour expliquer et faire connaître ce qu'il a découvert sur place :
-   Je suis arrivé en avance grâce à une longue période de beau temps et me mêlant un soir aux bateaux rentrant de la pêche, je figure maintenant tranquillement, en leur milieu, mais accosté dans un endroit discret.
    Je suis allé à terre et fréquentant les bars du port, j'ai appris ce qu'il en était. En fait cette histoire de trésor est loin d'être mystérieuse. Tout le monde est au courant, il y a même une garde autour d'un hangar susceptible d'être le lieu où se trouveraient stocké l'or.
Sophia et Gunther sont catastrophés. Achille reprend :
-   Soyez rassuré, c'est de la frime. Je me suis renseigné auprès de votre honorable correspondant que j'ai pu joindre, carrément dans son bureau prétextant une demande de zone de pêche. Après échange du mot de passe retenu « Antinéa est de retour », il m'a tout raconté étant lui-même le premier intéressé. Il vous en dira plus car nous logeons dans une villa voisine de la sienne.
-   J'arrête là, car nous sommes proches du littoral.
    Maintenant, je vais vous mettre à terre, discrètement au fond du port où vous êtes attendus.
Il baisse la voile et lance son moteur, se dirigeant vers un quai peu fréquenté à cette heure. On ne voit que quelques soldats de garde ou en maraude, et trois pêcheurs qui ricanent à leur passage. Ils en connaissent un en particulier plus aimable que ses collègues :
-   Alors Hans, il paraît que tu as eu chaud en revenant d'El Alamein. Ton patron va te rafraîchir en t'envoyant à Stalingrad, là-bas il y a de la neige !
Le teuton préfère ne pas entendre la suite de ces plaisanteries.
Surtout que lui a eu de la chance, sa compagnie à du rester en Tunisie pour surveiller un soi-disant trésor.
Alors, il prie tous les soirs quand il monte la garde en chantonnant « Lili Marlène » une mélodie en cours.

- *Devant la caserne quand le jour s'enfuit*
- *La vieille lanterne soudain s'allume et luit...*

Surtout depuis hier où l'un des joyeux drilles qui vient de l'apostropher lui a glisser que :

- Hans, tu devrais déserter, les anglais disent que là-bas en Russie un soldat allemand meurt toutes les minutes.

Un avenir bien sinistre, mais ici tranquille.

Le malheureux ne sait pas ce qui les attend lui et sa section de garde...

**Petru Corallo**

### **Petru Corallo et Achille.**

Le personnage immobile en bleu de chine, le visage brun et buriné par les embruns marins qui est assis sur la margelle du quai, semble faire partie d'un décor fixe, mis en place à cet endroit depuis des jours.

 En fait, si l'on s'en approche, on peut voir que son regard insiste sur un mouvement qui trouble la tranquillité portuaire sous la chaleur de cette belle journée.

En fait, il observe attentivement la felouque qui moteur au ralenti vient de s'approcher du quai et stoppant devant ce dernier est en cours d'amarrage.

Lui, ne bouge pas et son regard cependant se fait plus attentif en voyant venir vers lui ce grand type blond accompagné d'une belle garce débarquant tous les deux en souplesse d'un bond sur le quai.

Ces derniers s'arrêtent devant lui :

- L'Angleterre comme Carthage sera détruite.

Il s'agit là du mot de passe provenant de la phrase lancée tous les soirs sur radio Paris.

- Je veux bien répond l'autre, mais vous n'en prenez pas le chemin !

Et continuant cette fois sur un accent nettement insulaire :

- Excusez-moi, ce n'est pas la bonne réponse, voyons oui, c'est cela « Thor vaincra Hannibal ». Bon, je vois que c'est bien vous que j'attendais, je me présente Petru Corallo, corse et scaphandrier, adjoint du capitaine du port de Bizerte.  C'est avec vous que je dois faire affaire si je ne me trompe.

  Suivez-moi, nous allons d'abord débattre de tout cela chez moi autour d'une bonne table.

Une heure après dans sa maison claire aux volets bleus, entourée de figuiers, il commence par offrir un apéritif anisé qui blanchit dans les verres.

- Il paraît qu'avec l'arrivée de votre armée qui retraite depuis l'Égypte, nous allons avoir à subir des restrictions. Heureusement, j'ai un stock d'anisette, Goûtez-moi cela c'est frais et bien agréable.

- Maintenant, parlons de la suite de votre opération

Ladite suite va prouver que « l'honorable correspondant » a mûri son projet. C'est, autour de quelques langoustes, qu'il va vite faire admettre son point de vue :

- Je sais comme beaucoup ici qu'une mystérieuse cargaison vient d'arriver du sud et même de bien plus loin. Elle a été livrée par un véhicule, genre blindé léger. Il s'agit surtout de caisses en bois, mais aussi de colis plat parfaitement emballé. Pour ces derniers et comme j'y pensais, ce sont certainement des peintures et toiles de maîtres pour le gros Geöring.

  Le local est gardé par quelques soldats, des blessés convalescents. Ceux qui sont en forme sont requis pour le front. Il sera donc facile de nous emparer du tout, mais avec une certaine discrétion quand même.

Tous écoutent quand, Gunther le coupe :

- Je vais envoyer un message au U-boat, et faire débarquer quelques solides gaillards…

- Que non, rétorque le corse, on sait déjà sur tout le port que vous êtes à terre pour une mission inconnue. Si l'on vous voit rôder autour du trésor, ils vont doubler ou tripler la garde. Surtout que nous attendons une équipe de SS envoyée par Himmler qui eux aussi veulent s'en emparer.

  Non il faut faire vite, mais rassurez-vous j'aurais besoin de vous, le moment venu.

- Dans un premier temps, Sophia, va se rendre au cabaret « le Sahara » où je lui ai fait préparer un contrat de danseuse, sa spécialité je crois.

  Quand je la regarde et j'en ai vu beaucoup d'autre, je ne doute pas de son succès.

  Aussi quand cela va se savoir, la salle va se remplir d'une partie de la garnison. Sans compter ceux qui ne pouvant entrer vont se battre sur le trottoir.

C'est là qu'elle va y rencontrer Adolfo, le chef des gardes, un jeune feldwebel. À elle de le séduire, pour le rendre inopérant dans quatre jours, pour la nuit qui devra être sans lune.

Vous l'officier, vous revêtirez votre tenue de sortie et vous serez invité ce soir-là à la table du Commandant de Bizerte.

Votre mission sera de faire durer les agapes jusqu'à deux heures du matin. Vous ne vous présenterez pas les mains vides, mais avec suffisamment de champagne.

Un lot que je gardais pour fêter la victoire prochaine, mais tant pis j'en ferai le sacrifice. Car de toute façon, sans vouloir vous offenser, ce la ne devrais plus tarder.

Gunther réagit à nouveau :

    - Oui mais qui va se charger des sentinelles ? Même les vieux, ils ont maintenant la détente du Mauser facile.

Il ne croit pas si bien dire. Ces hommes devenus vétérans sont devenus des guerriers dangereux. Ils ont eus largement le temps d'apprendre à se méfier, au cours des rudes mois de guerre qu'ils ont vécu, dans le désert depuis El Alamein.

D'autant plus qu'ils sont revanchards ayant été si proches du Caire et du canal de Suez, et qu'il leur a fallu battre en retraite devant les Anglais.

Tous les jours leur situation devient de plus en plus incertaine.

Petru ricane et jette sur la table une belle Vendetta qui porte sur sa lame en corse « Il mia é mortale »

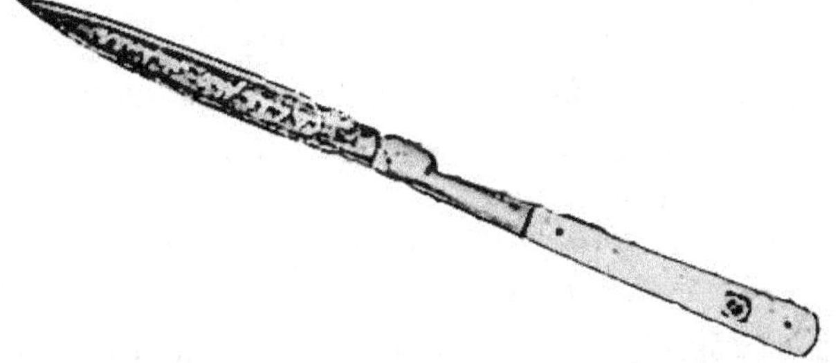

    - Mon cousin Dominique, qui va nous aider, possède la même et « u bochu » vont avoir deux héros morts de plus. Du fait de ma fonction au port, je possède toutes les clés des dépôts dont celui-là bien sûr.

Il ne nous restera plus qu'à charger le tout dans la felouque de votre frère, qui viendra s'amarrer au quai proche. Le tout sera mis bien à l'abri sur le pont mais recouvert de filets de pêche.

Il appareilla aussitôt pour l'île de la Galite, où il sera rejoint par un cargo, le Sagona.

Achille lui a compris, et avoir à bord un tel monceau d'or lui donne des idées perverses que sa sœur va doucher très vite :

- Mais avant nous en ferons l'inventaire afin de l'envoyer par la radio du sous-marin à Von Kartofenn.

Le silence se fait, seulement troublé par le craquement des carapaces de langoustes dont chacun des convives à un bel exemplaire dans son assiette.

Le tout arrosé d'un vin local capiteux. Petru, habitué dans son île à recevoir les pinzutus à bien fait les choses, car maintenant va avoir lieu le partage.

Pour Gunther et Sophia, tout doit être livré au grand Reich, mais l'insulaire lui ne voit pas cela du même œil :

- Vous admettrez que cette opération délicate mérite d'être financée.

  Avec mon cousin, nous ne travaillons pas pour la gloire, surtout celle de l'Allemagne après la retraite d'El Alamein, et la défaite de Stalingrad qui se dessine. Mon cher Kapitan-leutnant, je vous voit mal partis. Mais ce ne sont pas mes affaires, nous « Corses d'abord, mais Français toujours », nous voulons conserver les objets culturels, c'est-à-dire les toiles et les statuettes qui seront remises après la guerre, très prochainement, à nos musées nationaux.

  Comme vous pouvez le constater, nous ne sommes pas exigeants. Ce qui intéresse votre patron, c'est l'or qu'il va s'empresser de faire fondre en lingots marqués de votre croix gammée sans doute.

Ne restera aussi, qu'à rétribuer l'ami Achille, nous verrons cela ensemble.

Ils échangent un sourire carnassier car ces deux-là, hommes de mer, sont fait pour s'entendre, ce qui ne va pas tarder à se produire.

Le SAHARA
Ce soir ANDREA

## Au cabaret « Le Sahara ».

Le port de Bizerte et les rues de la ville avaient été couvert d'affiches racoleuses vantant les mérites de la belle « Antinéa danseuse orientale ». Surtout on laissait entendre que cette fois ci, on en verrait plus que d'ordinaire où la patronne des lieux et artiste principale « Eva Strapountina » se contentait de danser en jouant quelquefois des castagnettes.

Sophia ainsi mise en valeur, allait donc se produire en vedette après la patronne du lieu, bien moins attirante

La soldatesque allait se voir d'ailleurs offrir, vu le droit de la force occupante, la première apparition.

C'est ainsi que le lendemain soir, Antinéa allait se dénuder partiellement quand même, dans ce type d'établissement portuaire qu'elle avait bien connu dans sa jeunesse et où pourtant elle avait juré ne jamais remettre les pieds.

Mais que ne pouvait pas faire pour la gloire du grand Reich allemand

Et les quelques diamants qu'elle comptait bien dérober et s'accaparer au passage.

Son cher frère lui aussi est amer et peu enclin à en faire profiter le Reich de mille ans qui s'écroule suites à ses faits d'armes de moins en moins brillants.

La salle est donc pleine, un mauvais mousseux de fabrication clandestine locale coule à flot. Au premier rang, juste après les officiers, se trouve le jeune feldwebel chargé de la garde du trésor. C'est devant lui que Sophia va se déchaîner, faisant voler voiles et falbalas, laissant entrevoir des éclairs de cuisses, rendant fou cette malheureuse victime potentielle.

Aussi, c'est à lui qu'elle dédie après ses danses lascives sa goualante favorite « Mimi de Santiago »

*C'est dans un bar à Santiago*
*Que mimi dansait l'vrai tango*
*Et une fleur dans ses cheveux*
*Elle murmurait qui me veut*
*Ses amants d'une nuit ne sont jamais les mêmes*
*Et ses folles caresses*
*Procurent des ivresses*
*C'est dans un bar...*

Le tout appuyé d'œillades complices et prometteuses.

Malgré ses invitations insistantes, elle tient le malheureux en haleine, lorsqu'entre les danses, elle vient se rafraîchir à sa table.

- Mon bel Adolfo, je serai à toi toute la nuit mais seulement dans trois jours, mon frère qui me surveille doit s'absenter à cette date. Il doit se rendre à l'île de la Galite pour pêcher des langoustes. Il ne restera pas longtemps à terre repartant aussitôt pour Zembra.

  Nous aurons ensemble des heures de folie si tu peux obtenir une longue permission.

L'autre devant ce programme jure qu'il fera le nécessaire.

Il serait même près a déserté, ce qui est rare dans la Wehrmacht, quand on sait que le poteau est la seule sanction applicable en ce cas.

Aussi Sophia se dit que si elle a fait mourir d'amour un major anglais, elle descendrait à un niveau bien inférieur avec un simple feldwebel, mais qu'il lui fallait en passer par là.

Peu importe, de toute façon avec ce que lui prépare Achille…

Aussi n'hésite-t-elle pas à mettre en garde sa si facile conquête :

- En ce moment, Achille serait capable de tout s'il apprenait que je te cède trop vite.

Lui en vrai fils de famille veut que cela se passe courtoisement. Regarde-le, il nous surveille.

Effectivement, Achille ne perd pas des yeux le couple amoureusement enlacé.

Avec un lourd regard chargé de haine, il continue à faire claquer la lame d'une vendetta fournie par Petru Corallo.

Ce dernier l'a assuré que ce manège amoureux retiendrait le teuton conquérant qui le soir prévu risque fort de se retrouver lui et quelques-uns de ses collègues avec le même type d'engin planté dans le dos.

**La felouque d'Achille**

## L'enlèvement du trésor.

Bien que le projet de l'opération soit parfaitement huilé, son déroulement ne va pas correspondre toutefois aux prévisions du beau Gunther. Et pour cause, car d'autres événements imprévus vont se produire

On apprendra, bien longtemps après la fin du conflit, que le nommé Petru Corallo était un agent de la France libre.

Mais qu'il lui avait été demandé de jouer un double jeu. Ce qu'il n'avait pas manqué de faire.

C'est ainsi que, par un hasard se voulant judicieux la nuit va être ponctuée par deux bombardements aériens. Craignant que Gunther ne change d'avis et charge le trésor sur son U-boot il l'a signalé à Londres en fournissant les coordonnées de son mouillage, les plus précises possible.

Le Sub va donc recevoir une pluie de bombes et de grenades.

N'importe quel autre aurait été transformé en casserole percée de toutes parts. Heureusement pour l'équipage Gunther est à bord cette nuit-là afin de laisser le champ libre à la belle Sophia qui doit séduire par n'importe quels moyens le jeune feldwebel. Aussi quand Gunther voit les premières bombes le prendre pour cible, il comprend et manœuvrant avec hardiesse au milieu des explosions qui entourent son navire plonge dès la sortie du port au plus profond. Ses batteries chargées à bloc pendant ses jours d'arrêt vont lui permettre de manœuvrer et de s'échapper.

Malgré cela son sous-marin va subir des dommages lui rendant un retour obligatoire.

C'est donc en transmettant, des ordres précis et de lourds regrets à sa belle associée, qu'il va lui laisser le soin de continuer la mission. Il va néanmoins embarquer quelques lingots d'or qui seront les seuls à finir leur trajet en Allemagne par ce trajet.

Tout le reste est maintenant entre les mains du résistant français Petru Corralo, de la belle Antinéa et de son louche frère Achille Proxopoulos.

L'or de l'Atlantide, les bijoux du Négus et le fruit du pillage en Tunisie ne pouvaient trouver meilleurs détenteurs.

Cette nuit sera épique Effectivement Petru a pris contact avec des résistants locaux qui vont couler deux cargos dans le port en y mettant des charges sous la coque.

Toute cette perturbation va faciliter l'enlèvement du trésor après la suppression discrète des sentinelles comme indiqués plus haut.

Les soldats de garde sous l'alerte aux bombes vont aller se jeter dans un abri prévu à cet effet. Eux s'en sortiront vivant. Adolfo, l'amoureux d'Antinéa va venir s'ajouter à la longue brochette des victimes de cette princesse troublante.

Lui ne se suicide pas, mais se retrouve devant le hangar du trésor avec une vendetta corse plantée entre les omoplates. Il aura un dernier cri :

- Mimi de Santiago où es-tu !

Triste fin, un brin lyrique, pour ce serviteur du grand Reich !

Ses deux collègues moins courageux préféreront lever les bras. Retrouvé le lendemain matin, ils ne seront pas fusillés mais partiront en Russie en pleine bataille de Koursk.

Achille lui se précipite vers sa sœur :

- Maintenant que j'ai fait de la place et mis de l'ordre, il faut charger ma felouque.

Lui en général, peu porté sur les travaux manuels, va œuvrer des quatre bras aidés par Petru et son cousin.

Sophie, elle se contente juste de dresser l'inventaire :

- Vingt-quatre lingots d'or d'un kilogramme
- Cinquante colliers de perles de toute nature
- Vingt colliers en or
- Six émeraudes dites des Garamantes
- Des bijoux divers de corail rouge
- Un plat en or massif
- Douze chapiteaux en marbre
- Quinze lampes à huile en or

Vont venir s'ajouter, des bustes carthaginois de femmes en marbre blanc.

Se tournant vers Sophia Achille lui :

- Celles-là sœurette, je me les garderai.

Et prouvant ses connaissances archéologiques :
-   Le buste de Salammbô, je vais avoir de la demande. Aussi il faut que je retrouve mon sculpteur pour en faire des copies.
Il n'ajoutera pas qu'au cours du combat nocturne, il a aussi fait main basse sur un lingot d'or et une poignée de perles,
-   Ce sont pour mes frais de déplacements !
Petru Corallo lui a mis d'office de côté dans sa cave toutes les peintures ainsi que prévu dans les accords. Inutile d'ajouter qu'elles seront remises intégralement à leurs propriétaires ou musées d'origines où elles ont été ravies.
Il a aussi subtilisé quelques émeraudes
-   Ce sera pour réparer l'église de mon village en Corse..
Il faut faire vite car les bombardements ont cessé. Heureusement, la troupe est réquisitionné pour aider les équipages des cargos qui sont en train de couler.
Profitant de cette confusion et suite à l'élimination des gardes, Sophia embarque sur la felouque de son grand frère chargé à ras bord. Achille a hissé la voile sur ses deux antennes. Cap au NW, il se dirige vers l'île de la Galite.

**La Galite**

## Le voyage du Sagona depuis l'île de la Galite

La Galite, c'est une île située au nord de la Tunisie entourée de plusieurs îlots alentour.

Elle se situe à environ quarante kilomètres au nord du littoral africain et à cent cinquante kilomètres de la pointe sud de la Sardaigne. Elle est orientée est-ouest, mesure environ six kilomètres de long et trois kilomètres de large.

Son sommet nommé fort justement « le bout de somme » atteint trois cent quatre-vingt-onze mètres.

Il n'y a qu'un seul mouillage au sud à l'abri des vents de nord-ouest, souvent très violents.

À cette époque, il y a un village qui compte quelques centaines d'habitants qui vivent de la pêche et de la culture. Les sources sont nombreuses et fournissent l'eau nécessaire à la vie familiale insulaire, en autarcie presque totale..

C'est donc au sud que la felouque d'Achille Proxopoulos va venir rejoindre un cargo vraquier mouillé à l'abri, le Sagona, affourché sur deux ancres, depuis plus d'un mois.

Il y livrera le contenu total des pièces antiques, la mort dans l'âme, devant cette triste obligation. Mais on ne plaisante pas avec les sbires de Von Kartofenn.

Inutile de souligner que l'accueil réservé à la belle Antinéa n'est pas véritablement aimable.

Ce qui va très vite changer quand le capitaine découvrira le physique attirant de la passagère, qui lui est confiée. Il ne va pas manquer de la poursuivre de ses assiduités et tentatives d'approches un peu lourdes.

Mais Antinéa après s'être installé dans une cabine rudimentaire, c'est-à-dire avec un confort plus que restreint, lui fait vite comprendre à lui et son équipage qu'elle n'autorisera aucune privauté à son égard.

Ce qui va être confirmé, quelques jours après, lors de la visite d'une vedette allemande dont l'officier, qui la commande, fera comprendre combien il est dangereux de s'approcher de l'envoyée de l'Amiral Arnim von Kartofenn.

Cette mise au point brutale va entraîner un événement grave

Une semaine se passe, quand un beau matin, Sophia, se réveille et se trouve surprise du calme qui règne à bord, alors qu'habituellement il y a quelques cris des marins du bord et le sarcasme du capitaine lors du petit déjeuner :
- Si madame, la Herr major veut bien se lever, le café est servi dans ma cabine.

Il se fait habituellement traiter de chien galeux et préfère alors la faire servir par un matelot, soi-disant maître d'hôtel, ne brillant pas par sa propreté.

Mais ce jour-là, pas de service, un calme inquiétant règne à bord. Sophia se demande si elle vit sur un navire fantôme, soudain vidé de son équipage au complet.

Elle va vite apprendre, par un pêcheur qui tire son filet dans le voisinage, que tous ont déserté en pleine nuit embarquant sur un bateau de pêche, venu de Bizerte appartenant à un cousin du capitaine.

Ce dernier lui a fait savoir dans un écrit confus, sur une feuille arrachée du carnet de bord, épinglée sur la barre qu'elle pouvait bien aller au diable avec son Tedeschi et sa mystérieuse cargaison.

Pendant ce temps-là, le conflit s'aggrave en Tunisie, où le restant des troupes, de l'Afrika Korps, chassées par les alliées, embarque au plus vite vers des cieux meilleurs.

Le Sagona oublié, sans marins à bord, mouillé derrière la Galite ne va pas pouvoir appareiller pendant de longs mois.

Aussi la belle gardienne ne veut-elle pas, pour autant, mourir d'inanition, ni d'ennui.

Elle va très vite s'intégrer dans le tissu local et devenir amie avec les habitants du village.

D'autant plus qu'elle a laissé un beau pêcheur la conquérir, en lui livrant journellement des langoustes.

Il l'a emmenée dans une crique sauvage, lui a fait griller un beau poisson fraîchement pêché du matin.  Le tout dans un décor de rêve au fond d'une étroite calanque ayant à son extrémité une plage intime bordée d'un sable blanc et fin.

Aussi, après un repas arrosé d'un vin capiteux du vignoble local, il lui a fait goûter à une forme d'amour insulaire digne des temps antiques.

Ce temps idyllique va passer en quelques mois quand même.
Finalement après la libération de l'Afrique du nord, le navire reçoit un équipage sérieux et remonte vers le nord.
La belle Antinéa est resté à bord veillant jalousement sur le trésor dissimulé sous des fûts de vin.
Il a été cependant amputé de quelques statues par Achille. Lui va prétendre détenir ainsi la sœur de la vénus de Milo, bien que d'une taille plus modeste, mais d'une valeur monétaire certaine.
La croisière aventureuse du Sagona ne va pas cesser pour autant quand il arrive en vue des côtes de la Corse où se déroule, là aussi des combats pour libérer l'île.
C'est dans ces troubles circonstances, que le navire va mouiller dans les bouches de Bonifacio.
De mystérieux correspondants clandestins de l'Abwehr restés en place avec des ordres précis montent à bord et vont en faire descendre le trésor.
Sophia, avait compris depuis longtemps que le butin allait lui échapper et pris quelques précautions, à titre personnelles
Le tout en faisant isoler une partie par son frère.

Ce dernier très porté sur un mode de partage où à chaque fois il s'en attribuait la plus grosse part est largement instruit sur ce qui va suivre. Sophia lui explique donc quelle sera la suite précise de sa délicate paricipation :

- Achille, tu vas rester sur notre arrière et, aussitôt que nous serons au large et au calme nous récupérerons notre part et je me mettrais à l'abri avec toi, en Grèce.

  Dis-toi bien que si je débarque en France, je risque fort d'avoir à rendre des comptes suite à mes amours tapageuses avec le beau Gunther, et surtout son patron, l'Amiral von Kartofenn

  Reste sur l'horizon et rejoins-moi quand une nuit prochaine, je t'enverrai des signaux lumineux...

Lui ricane :

-  N'ait crainte ma jolie sœurette je vais veiller sur toi et sur le reste.

Cette insistance particulière de la part de son parent la fait réfléchir, se disant qu'une fois le trésor en sa possession, il va tout simplement l'abandonner sur une île ou pire, à la vindicte des ennemis. Elle connaissant bien le gaillard méfiante à prévu un autre parcours.

Car comme le soulignait un grand roi français qui connaissait bien les femmes, quelques-unes lui ayant d'ailleurs laissé un souvenir cuisant :

- Souvent femme varie, bien fol est qui s'y fit

Et pour varier ses projets la belle Antinéa va mettre cette maxime en pratique.

Le Sagona va continuer à se traîner et finira par arriver en vue de la France libérée avec sa cargaison de vin, tant attendu dans la mère patrie assoiffée.

Mais aussi avec à bord sa mystérieuse passagère et son pécule caché !

Prévoyant un débarquement compliqué, elle a fini pas se faire adopter par l'équipage qu'elle distrait le soir, avec ses chansons retrouvant là les origines de sa vie portuaire

Son frère qu'elle a donc préféré ignorer a disparu, chassé de cette partie de la Méditerranée par la présence de la flotte de débarquement et surtout des avions qui curieux de découvrir une voile font sur lui, des passes de reconnaissances.

Un P 38 lui enverra une rafale de ses canons, vers l'arrière.

Aussi, Achille dégoûté met le cap à l'Est vers ses îles grecques où il va attendre la fin de la guerre dans un îlot tranquille où il a ses habitudes et ses complices.

En 1945, il réalisera sa plus belle vente avec sa mini-vénus de Milo. Il la vendra à un général américain qui l'enverra dans son Texas natal où depuis elle trône sur une pelouse au milieu de nains de jardin de Walt Disney. Curieuse destinée pour cette œuvre d'art hellénique.

Pour sa sœur, il ne se fera pas trop de soucis se disant :

- Telle que je la connais, elle va bien se trouver un protecteur puissant et plein aux as ! En plus, elle a toujours son petit capital. Hélas, trois fois hélas, les dieux de la mer alliés à ceux de la guerre vont se lasser et faire couler le Sagona dans la grande passe de Porquerolles.

Coupé en deux par une mine oubliée, son épave va se poser en deux parties sur un fond de sable par 45 mètres de fond

Sophia aura la chance d'être parmi les membres de l'équipage sauvés par la Marine nationale française.

Ce qui va la mener à une autre aventure, où elle va à nouveau user de ses charmes pour éviter un sort désagréable alors qu'elle est présentée à la préfecture maritime de Toulon, pour répondre de sa présence à bord.

**Le naufrage du Sagona qui va devenir le Grec**

# Le naufrage du Sagona

Ainsi, donc venant du sud, bien éprouvé par une longue croisière, marqué par de nombreux évènement souvent fâcheux le Sagona et son équipage ne sont pas tiré d'affaire pour autant.

Effectivement, le 3 décembre 1945, le Sagona, battant ce jour-là pavillon panaméen, s'engage dans la grande passe entre Port Cros et Porquerolles.

Il heurte une mine à la dérive qui explose à la hauteur de son avant bâbord. Cassé en deux, il coule rapidement, laissant deux morts et un disparu. Le reste de l'équipage est sauvé par des navires de secours arrivés rapidement sur place Mais parmi eux se trouve donc une femme et pas n'importe laquelle.

Tous sont hébergé à Toulon à l'Arsenal. C'est ce même jour qu'à la Préfecture maritime un officier supérieur vient de s'adresser à un jeune enseigne de vaisseau, fusilier marin :

- Lieutenant, vous êtes chargé de recevoir les rescapés de ce navire grec, battant pavillon panaméen, ce qui paraît un peu louche. Alors, vous les interrogez tous sérieusement, d'autant que dans la liste qui vient de m'être remise, je constate qu'il y a une femme, qui se dit grecque elle aussi, une artiste soi-disant chargée de la distraction de l'équipage. Alors celle-là, tenez là au bout de la gaffe !!
- Bien commandant répond Jean Marie Letrouadec qui vient ainsi de se voir attribuer cette délicate mission

Ce jeune officier heureux de servir et de se voir confier une enquête importante prend cette injonction très au sérieux.

Il va donc faire subir un interrogatoire circonstancié et serré à tous les malheureux qui sont encore frappé par le naufrage de leur navire.

Le capitaine lui plus en forme malgré tout, lui fait savoir qu'il est chargé de barriques de vin.

Au sujet de la femme, il souligne l'avoir trouvé lors d'e l'embarquement des matelots à l'île de la Galite. Les précédents ne voulant pas affronter les dangers d'une bataille qui se dessinaient avaient préféré déserter

Il remet quand même la liste complète où elle figure comme étant une dame Sophia Citéros originaire d'une île grecque et devant se rendre, réquisitionné, par les troupes d'occupation en Corse d'abord, en France ensuite, à des fins artistiques Ceci comme l'indique sa couverture.

Quand elle va se présenter devant le jeune enseigne, Sophia a pris le temps de se refaire une fraîcheur sachant qu'elle risque de se trouver dans une situation préoccupante.

Heureusement pour elle, ses collègues allemands étant en pleine retraite, ne risquent pas dans l'immédiat de lui porter tort. Pensant à la suite, elle ne croît pas figurer de façon trop précise, dans les archives de l'Abwehr.

Pour elle cependant peu importe, les militaires de quelques nations qu'ils soient, ont toujours été séduit. C'est l'une de ses spécialités, avec cependant une préférence pour les officiers.

Souriante, charmeuse, le regard triste avec des battements de cils de jeune fille en fleurs, elle explique longuement sa présence à bord. Où elle va se faire reconnaître :

- Je suis grecque, embarquée sur un navire grec, pouvant me destiner à l'assistance artistique et culturelle des troupes alliées !

    Et ceci grâce à vous, mon libérateur, les Allemands m'avaient capturé alors que fuyant la guerre, j'étais réfugiée à Bizerte où je me produisais dans un music-hall « le Grand Sahara », j'ai été jeté de force à fond de cale sur ce bateau maudit, destiné à me produire dans des boites à soldats.

    Heureusement, maintenant je suis libre…

Ce qui est vite dit, le marin lui coupe la parole :

- Charmante petite madame, je ne peux pas vous laisser partir, votre situation vis-à-vis de mes supérieurs n'est pas assez nette.

    Vous devez donc rester sous mon contrôle à Toulon.

    Soyez assuré cependant, je vais vous faire loger, non pas en prison maritime, comme cela risque de m'être demandé, mais au cercle des officiers-mariniers.

Ce qui, pour la belle Sophia, représentait une ouverture vers des cieux meilleurs.

Surtout que le jeune officier insistant :

- Pour vous favoriser ce retour à terre ce soir nous dînerons ensemble.

Aussi afin de le remercier et, de se l'attacher, après un fin repas, elle lui à fait très vite fait le don de son corps voluptueux.

Ce qui n'a pas manqué de troubler le beau lieutenant, surtout quand reprenant un refrain de l'une de ses chansons, elle lui a crié au cours d'un plaisir ardent :

- Jean marie que fais-tu là !

Ensuite, afin de parfaire sa situation, elle lui à offert même de réaliser un tour de chant. Prétextant d'ailleurs pouvoir présenter des chants de marins qu'elle ne connaît pas encore mais qu'elle va étudier sérieusement en ayant fait la découverte dans le poste d'équipage du Sagona, cela sortant de son répertoire habituel :

- Monsieur l'Officier, d'ici quelques semaines je serai apte à satisfaire un large auditoire avec un répertoire choisi tel que :

  « Les filles de Camaret » « Jean François de Nantes, gabier sur la Fringante » tous qui plaisaient beaucoup à mes admirateurs du Sagona.

Lui, croyant reconnaître là des chants folkloriques de sa région, ne pouvait qu'envisager un avenir brillant avec une telle égérie nationale, dispensatrice de ces distractions qui manquent aux guerriers de retour du combat.

**La partie avant de la triste épave du Sagona**

## Une artiste paraît.

Le bel officier, totalement subjugué, pensant que fort justement « la musique adoucit les mœurs » il allait dans l'immédiat lancer une série de soirées récréatives pour les équipages retour de mer. À cet effet, il n'hésita pas à louer la salle du cinéma « Le Toulonnais ». Afin d'augmenter le volume de la clientèle, il racontait que le thème de l'épave du Grec y serait présenté. Hélas, il n'en fut rien sa belle compagne préférant revenir à ses complaintes originaires pour certaines du grand large. Mais pour d'autres se situant plus souvent dans les ports où fleurissent des maisons dites closes où les employées sont chargées, telles celles des cellules psychiatriques de nos jours de soulager, sous une autre forme, le marin rentrant de plusieurs mois de mer.

Il ne fut pas déçu dès la première manifestation, la salle était plus que complète, des bagarres ayant même lieu dans la rue parmi ceux qui se voyaient refuser l'entrée.

Il faut dire qu'il avait laissé la belle Sophia organiser la diffusion de son spectacle. Le moins n'étant pas une immense affiche, où elle trônait en voiles invisibles ou presque, intitulé « Les chants d'Antinéa ». En fait, comme on peut le voir elle n'avait pas hésité à faire un retour fracassant vers son nom de guerre.

L'enthousiasme obtenu par son tour de chant dépassa le délire. C'est très simple, la salle s'est retrouvée vide de son ameublement. Les chaises, les bancs, le bar tout avait été fracassé dans une hystérie collective. Portes et fenêtres avaient été arrachées et jetées dans le port.

C'est pourquoi l'enseigne de première classe se retrouvait le lendemain dans une position rigide devant l'officier qui lui avait confié la mission d'enquête des naufragés. Jean Marie écoutait la longue diatribe qui lui était jetée au visage :

- Lieutenant Letrouadec, je vous avais demandé de faire un simple tri parmi ses victimes du naufrage de ce cargo pinardier. Nous en sommes loin, vous avez choisi de faire dans l'humanitaire culturel ainsi que vous décrivez ce mouvement de révolution anarchique.

- Ce qui va coûter à la Marine la réfection complète du cinéma « Le Toulonnais ». Si cela doit vous être compté, je pense que vous serez à vie un officier sans solde !
Vous me dites toujours dans votre rapport » qu'ainsi les équipages arrivant à terre seraient heureux de retrouver des chants régionaux, calmant ainsi les ardeurs du marin, trop longtemps loin des femmes.
Pour être loin des femmes, je l'admets. Alors, vous avez jugé bon de les faire en approcher une de femme, et pas n'importe laquelle, la vôtre ! Après tout pourquoi pas, vous auriez pu choisir les chœurs de jeunes filles en fleurs du couvent des hirondelles,
Eh bien, non ! Vous avez, après avoir laissé placarder les rues de la ville d'une affiche pour le moins provocatrice, présentant une fille des sables. À demi, nue, fort belle, je l'avoue. Mais qui a mis le feu aux poudres.
D'ailleurs depuis elle ne peut plus sortir au risque de se faire enlever ! Ce qui serait un bien en soit, car je pense, hypocritement certes, que nous en serions ainsi débarrassés.
Encore que les admirateurs de votre odalisque risqueraient de mettre le feu à la ville. Bon, passons, mais il va falloir calmer les ardeurs de cette chorégraphe antique comme elle se décrit. Avez-vous une idée ?

Jean Marie fait semblant de réfléchir. Lui sait bien ce qu'il va présenter, devenu un véritable imprésario de sa belle Gréco italique :

- Voilà commandant, cette dame Sophia Citéros dite Antinéa pourrait se produire avec un autre type de spectacle qui, conservant son attrait d'origine, se ferait plus discret. Et surtout non pas dans des salles de cinéma ouvertes à tout public, mais dans des lieux plus appropriés, réservés à une classe de spectateurs d'un niveau plus élevé.

Voyant l'intérêt de son supérieur, il va continuer ayant depuis hier trouvé une suite :

-   Par exemple nous aurions une diffusion plus discrète sur
    " les contes du Sahara » par « Madame Antinéa Citéros
    descendante de la reine des sables »
    Et bien sûr elle ne se produirait que dans des lieux
    nocturnes, au cercle Naval pour les officiers, où dans cet
    établissement en dehors de la ville que vous connaissez
    sans doute et que je ne nomme pas…
    Qu'en pensez-vous Commandant ?

Inutile de dire que le projet de Jean Marie fut accepté immédiatement et Sophia pu ainsi se refaire une virginité, virtuelle s'entend, dans ces lieux huppés.

Reconnaissante envers Jean Marie quand même un bel homme, dans force de l'âge capable de lui apporter tout ce dont elle avait besoin, elle en devint très vite une maîtresse fougueuse, discrète certes, mais reconnue par la bourgeoisie locale.

Par la suite, désirant comme on le dit « faire une fin », ils s'étaient mariés en justes noces dont était née une jolie petite Antinéa Letrouadec.

**Madame Sophia, la reine des sables**

## Sophia la grecque

Tout cela aurait continué ainsi pendant longtemps, mais le temps passant les qualités artistiques de son répertoire, qu'elle renouvelait néanmoins souvent, finirent par perdre de leur valeur et par attirer moins de monde.

N'étant jamais en manque d'idées, elle décida de changer le tout et de produire un spectacle plus édulcoré.

Surtout que son beau marin ayant été sollicité pour aller combattre en extrême orient, il lui fallait devenir une femme sérieuse et fidèle. Ce qui ne la gênait aucunement sa libido, trop longtemps sollicité dans sa jeunesse s'était bien calmée.

D'ailleurs strictement réservé à son Jean Marie, surtout lors des retours de campagne, particulièrement ardents.

Aussi la société évoluant vers un développement culturel très médiatisée, elle eut l'idée de continuer mais sous une autre forme. Sachant néanmoins qu'elle ne pouvait abandonner totalement le côté charnel de son tour de chant.

Se souvenant de sa belle jeunesse où elle s'affichait comme danseuse mythologique, elle ne retint que l'adjectif de l'affiche.

Cette dernière sous le titre des chants et contes de la mythologie Grecque elle décida de déclamer des textes d'Homère et de Pindare.

En les améliorant toutefois à sa façon avec des introductions sur les amours scabreuses de déesses de l'Olympe

 Ainsi donc, elle se mit à faire vivre Zeus au milieu d'un harem moyen oriental avec des danseuses du ventre où, ayant quand même de beaux restes, elle se produisait quelques minutes.

S'inspirant des concours de tee-shirt mouillés très en vogue pendant la saison touristique, pour faire vivre Aphrodite sortant de l'onde.

Elle se présentait donc sur scène après avoir été douchée en coulisse, par le pompier de service.

Ce préposé qu'il fallut changer souvent, vu l'état dans lequel ces vigoureux gaillards, se retrouvait au bout de quelques minutes.

Ce qui se comprend, Sophia apparaissant vêtue de voile diaphane se collant sur son corps épanoui.

C'est alors qu'elle faisait chanter à la fille du dieu :
-     « Venez, venez voir les déesses,
      Approchez donc beaux garçons.
      Sachez donc que ces traitresses
      Auront pour vous belles façons ! »
Continuant mais alors dans un genre plus sérieux, elle n'hésitait
à mettre en scène ce qu'elle nommait, la baignoire d'Archimède
dans laquelle, elle faisait se tremper un figurant sur lequel elle
se livrait à des massages osés disaient certains, pervers disaient
d'autres.

Cela durait quelques instants et, finalement afin de rester dans
l'évocation historique le baigneur ainsi sollicité sortait de l'eau
en criant Euréka !
Où cela devint plus difficile à faire paraître, c'est quand elle
décida un jour, où elle était particulièrement en forme, de se
tourner vers le public huppé, demandant un volontaire pour ce
qu'elle nommait « le bain du dieu »
Bien que la salle soit remplie de personnalités fortes honorables
ou, en tout cas connues comme telles, il y eu un court moment

d'hésitation, suivi d'une bousculade pour accéder à cette immersion voluptueuse.

Ce nouvel exploit ne fut pas apprécié en haut lieu, comme on en droit de s'en douter.

Recevant une note comminatoire spécifiant que la seconde partie devait être retirée, elle revint alors vers le chœur des vierges de l'Olympe.

Ce qui clôtura ses soirées ainsi devenues des sorties à succès auxquelles tous voulaient avoir participé mais :

- Tout à fait par hasard ma chère, j'ignorais ce qu'il en était bien sûr

Son beau le militaire se voyant refuser une promotion, on disait dans les milieux autorisés que les débordements de son épouse y étaient pour quelque chose, les dignitaires de l'église y ayant fait obstruction.

Malgré cela, ils avaient tous les deux une vie heureuse grâce à aussi à leur fille qui avait hérité du coté fantasque de sa mère mais du sérieux de son père.

Ce qui n'allait pas tarder à se démontrer quand un beau jour, une grande felouque, vint s'amarrer au yacht-club.

Son patron. un beau garçon brun et bronzé se présentant avec un accent des îles du Péloponnèse :

- Je me nomme Esclampio Proxopoulos, le fils d'Achille et je viens voir ma tantine Sophia…

Mais ce jour-là les dieux de la mer en avaient décidés autrement…

**Esclampio Proxopoulos**
**Dit aussi « Sclampio »**
**Ou « Sclamp »**

## Le retour de l'enfant prodigue.

Pour prodigue, le fils d'Achille allait l'être largement grâce à l'héritage de son honorable père. Ce dernier ainsi que relaté précédemment avait dû fuir le contact prévu avec sa sœur embarquée à bord du Sagona, où se trouvait le trésor du Tedeschi. Ne tenant pas à se faire prendre avec ce qu'il avait à son bord, prélevé lors de l'escale de la Galite, il s'était réfugié dans une île grecque peu connue où il avait son gîte.

Il avait d'abord monnayé très favorablement une statuette en marbre provenant de l'épave de Mahdia à un Américain, richissime pilleur de biens archéologiques. Le soir du règlement en bons dollars verts, il avait décidé qu'il finirait les quelques ventes du stock du Sagona, et qu'il redeviendrait un Grec pirate honnête. Un terme ne manquant pas d'être ambigu, dans son cas. Sachant sa parente perdue vers la France où l'on risquait de lui demander des comptes, il n'avait pas voulu la contacter.

Et pour en terminer, il s'était marié avec une brune sculpturale, Maria, la beauté de l'île. Qui s'était empressée de lui donner un enfant sous la forme d'un beau garçon nommé Esclampio. Au cours des ans grandissant d'abord adolescent, il suivit et vécu la vie de son père. Ce dernier lui faisant découvrir les mystères du monde sous-marin au travers de la plongée en scaphandre autonome. Il est évident qu'avec ce contact, alors qu'il était encore tout minot, il n'avait pas tardé à s'intéresser aux épaves antiques qui peuplaient les environs de leur île.

Surtout qu'Achille le voyant en si bonne disposition lui avait tout d'abord enseigné la maxime qui avait guidé toute sa vie :

-   « Tout ce qui se trouve au fond de la mer appartient au scaphandrier »

Maria sa mère connaissant les dangers qu'avait couru son mari tout au long de son existence avait fait cesser cette éducation scabreuse en envoyant le jeune faire quelques études à Athènes. Un bon prétexte pour Achille qui s'était remis au piratage, afin disait-il de pouvoir payer les études de son garçon. Avec l'âge cependant sa grande felouque, qu'il entretenait cependant avec amour, ne l'emmenait plus au large sur des sites prometteurs.

Non ! il se contentait de ramasser des amphores brisées, des tessons qui, ramenés dans son île. Il en reconstituait des amphores, les vendant ainsi à une classe d'acheteurs européens bien moins fortunés que ses habituels amateurs anglo-saxons.

Il conservait cependant, caché dans une grotte proche de son habitation, quelques-unes des statuettes qu'il s'était attribué le soir où à Bizerte, ils avaient, avec sa sœur, opéré un prélèvement sur le trésor attribué au maréchal Rommel.

Les années passaient, alors il avait, un soir, où il avait forcé sur l'ouzo, prit son fils à part.

- Fils, je suis dans une mauvaise passe, n'ayant pas tenu mes engagements avec quelques malfaisants qui m'en veulent. Ils ont cassé en les manipulant violemment un lot d'amphores de Délos et il m'accuse de leur en avoir livré des reconstituées ! Va savoir peut-être y en avait-il quelques-unes. Alors, si je disparais ou s'il m'arrive un malheur, maintenant que tes études sont bien avancées, tu charges les statuettes de la grotte dans la felouque et tu te rends à Marseille, en France. Là après lui avoir donné rendez-vous dans l'île de Porquerolles tu retrouveras mon américain H.w.Slipmann sur son yacht pour lui vendre le lot.

- N'hésite pas le plus cher possible, il ne discutera pas, surtout si tu dis que tu connais un Japonais qui lui… Il n'aime pas les japonais suite à des querelles entre États dans les années 40.

Achille connaissait bien son avenir car quelques jours après, on retrouva son corps sur une plage voisine. Le cœur percé d'une lame antique avec un message

- « Achille, tu nous as volé, cette lame, c'est notre dernier cadeau ! elle est vraiment d'époque. »

Esclampio, fou de rage, voulait venger son père, mais Maria ne l'entendait pas ainsi.

- Sclampio, tu dois obéir à ses dernières volontés, prends la barque qu'il a laissé à ton nom, va en France, voir cet américain. Et aussi je vais te dire, tu as une tante à

Toulon, va-la voir, elle te contera leur vie à eux deux car crois-moi, ils en ont fait des choses. Les soirs où il avait bu, il me disait qu'avec Sophia, ils avaient volé Hitler.

Va mon fils, je reste ici dans notre maison proche du cimetière où est enterré Achille. Tu sauras toujours où me revoir. Cependant, ne tarde pas trop.

Quelques mois après, de retour de Porquerolles où il avait largement mené à bien ses tractations, il se présentait à Toulon chez sa tante Sophia, qui elle aussi avait, sans le savoir rejoint son frère, sa santé minée par ses nuits scabreuses et sans sommeil.

On peut penser que s'étant retrouvé ensemble là-haut, ils n'allaient pas manquer, tous les deux, de se réjouir des futurs exploits de leurs progénitures respectives.

**Antinéa Letrouadec**

## Antinéa, la fille de Sophia.

A vingt ans, Antinéa Letrouadec en digne fille de sa mère Sophia, c'est une belle plante, brune, au regard troublant et aux formes toutes aussi aussi sculpturales car très sportive.

Par contre, elle est beaucoup plus réservée que sa mère dans le domaine d'une sexualité présente certes, mais bien moins débordante.

Elle a, par contre, une autre passion de taille celle-là.

Car, si elle a, aimant la mer, hérité des gênes de son père, son besoin de découvrir le monde sous-marin s'est, lui aussi manifesté très tôt.

Cela devait très certainement trouver son origine dans sa lointaine famille de pirates des îles grecques, ses ancêtres éloignés. Aussi dès son plus jeune âge, elle avait eu droit à un baptême de plongée suivi très vite par la montée des diplômes délivrés par la FFESSM.

Ainsi à vingt ans, elle avait donc les compétences requises pour l'enseignement de la plongée dans la zone des 0/60 mètres.

Ce qui allait bien l'aider, quand son fou de cousin était venu, un beau matin se manifester bruyamment.

Celle que ses amis et admirateurs nommaient « la belle Anti » allait écouter le chant des sirènes délivrés pas celui que l'on connaissait dans les îles du Péloponnèse sous le titre de Sclampio et même plus simple Sclamp le pirate !

Dès son arrivée, ce dernier enchanté de découvrir chez sa belle parente, sa passion du monde subaquatique, il lui avait, sans tarder, parlé du trésor du Sagona.

Aussitôt Anti s'était précipitée a la recherche d'un dossier, que lui avait laissé sa mère. Il était enfoui dans une armoire. Il lui fallut quelques heures pour en sortir et comprendre des textes.

Lesdits texte accompagnés d'une carte marine où figurait le Sagona, mais aussi une liste d'objets antiques censés s'y trouver encore.

La mystérieuse carte marine

## Opération « Rétribution »

Ce matin-là donc, Anti et Sclampio examinaient avec attention une ancienne carte marine à laquelle était jointe un cahier pourtant comme titre « Pour nos enfants ».

Ce qui faisait s'exclamer Anti devant son cousin :

- Après tout, ce ne serait qu'une juste rétribution, les lois iniques ne pouvant pas évoquer, dans ce cas, un juste héritage de nos parents disparus.

    Voilà ce que nous a laissé ma mère et qu'elle m'a seulement confié alors qu'elle me quittait. Elle a d'ailleurs insisté, me demandant de faire une recherche car elle avait appris par des marins grecs de passage, que son frère Achille avait eu un fils, toi en l'occurrence.

    Je vois que tel ton père, tu as senti, même de loin notre trésor. Car trésor, il y a sur cette épave, et qui nous revient.

Sclampio lui était plus direct, le sang de pirate de son géniteur faisant rapidement surface :

- Jolie cousine, nous n'allons pas tergiverser avec toutes ces administrations, nous nous mettons à l'aplomb du navire coulé, je descends, j'élingue les lingots d'or et l'on hisse la voile direction mon île.

Anti, elle n'était pas d'accord connaissant bien les parages et ce qui les attendaient :

- Si tu crois que cela peut se passer si facilement, tu te fais des idées. À Porquerolles, il y a la gendarmerie nationale et une brigade dont le chef Julien Troubarède se trouve fort justement être le cousin de de l'un de mes fiancés. Et lui c'est un finachou, il a su s'entourer d'amis pêcheurs qui le tiennent au courant de tous ce qui se passe dans les eaux de son île.

- Alors, il nous laissera remonter l'or et aussitôt en surface il viendra nous le saisir, car ta felouque est loin d'être aussi rapide que sa vedette.

-   Et tous les deux, menottes aux poignets, nous nous retrouverons devant un juge et logé à la prison St Roch, nullement confortable paraît-il !

Sclampio faisait grise mine :

-   Anti, cela va prendre du temps et j'ai un projet immobilier dans mon île qui ne peut pas attendre. Mais tant pis si nous ne pouvons pas procéder autrement…

Satisfaite de l'avoir convaincu, elle lui fit la liste des actions à entreprendre :

-   Tout d'abord obtenir le titre de scaphandrier avec le certificat d'aptitude à l'Hyperbarie. Pour cela, nous allons suivre un cours de deux mois dans le meilleur des centres de formation existant en France.

    Il s'agit de l'ENS, ou École Nationale des Scaphandriers, qui se trouve à Fréjus.

    Nous allons y parfaire nos connaissances avec des méthodes de travail qui nous seront nécessaires lors de nos recherches archéologiques. Qui plus est si l'on ressort parmi les premiers, il nous sera délivré une lettre de recommandation pour le président du Bracmar* (Bureau de Recherches Archéologiques Maritimes), qui se trouve être extrêmement satisfait des stagiaires sortant de l'ENS, comme tu vas le voir, dans notre cas..

    Ensuite, munis tous les deux de ce titre, nous allons demander une entrevue auprès du président du Bracmar ce bureau de recherches archéologiques maritimes qui se trouve ici à Toulon. C'est un organisme dépendant du ministère de la culture. Et là, même recommandé, il va falloir jouer fin. En fait, nous allons proposer de leur livrer les marbres anciens, auxquels viendra s'ajouter un lot d'amphores, sans que cela vienne grever leur budget

-   Et sans en faire état, garder pour nous, la partie de la cargaison, qu'ils ignorent.

-   Pour moi les lampes à huile en or. Pour toi les bustes des déesses carthaginoises.

Anti avait effectivement bien travaillé sur son projet.

Le monde de la plongée avait évolué depuis 1945 mais une rumeur courait toujours sur le trésor du Sagona.

Ladite rumeur devenue une légende due paraît-il à une visite de scaphandriers lourds, experts marseillais, venus voir si la ferraille pouvait faire l'objet d'un appel d'offres.

Il n'en avait rien été à cause de la profondeur où pour y travailler, les scaphandriers à casque capables, étaient peu nombreux à y intervenir. Mais l'un des visiteurs avait parlé de chapiteaux en marbre et d'amphores se trouvant à fond de cale sous les restes des futailles.

Le Bracmar avait bien prévu de les récupérer mais le manque de crédit n'avait pas permis cette opération.

Aussi les gendarmes de Porquerolles étaient-ils chargé de surveiller particulièrement l'épave.

Sclampio lui était de plus en plus inquiet, mais pas sa cousine qui souriante :

- Nous allons demander une autorisation de fouilles au Bracmar en leur présentant la carte de ma mère. Mais pas son journal.
- Tu noteras que sur ladite carte, il est écrit en marge « six chapiteaux de temple en marbre blanc… et quelques amphores disparates …

Sclampio bondit :

- Mais où est l'or ! Il n'est nullement fait état de l'or bien sûr ?

Mutine Anti le calme :

- Lis ce qui écrit dans le journal, « je me doutais qu'en Corse les sbires du cher Dr Arnim von Kartofenn allait ravir le tout »…. l'or en lingots n'est donc plus dans la grande cale avec les marbres.
- Lesdits lingots ont été marqués avec la svastika et envoyé en Suisse.
- Par contre les statuettes elles sont rangées ailleurs, ce dont je suis forte aise.

Et cela personne ne le sait à part nous.

Nous allons leur abandonner les marbres et les amphores de peu de valeur par rapport au reste.

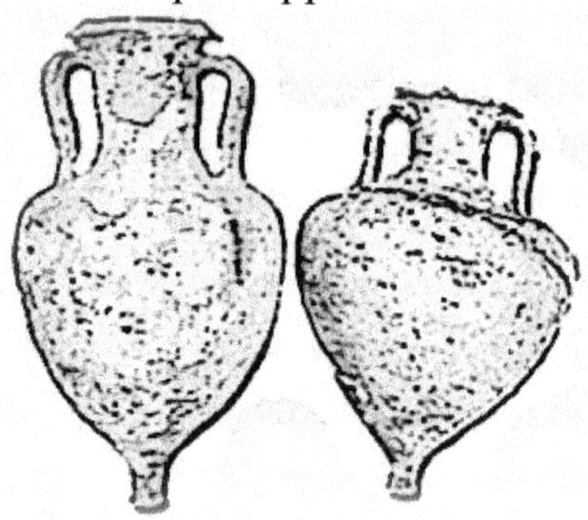

Elle reprend donc :

- En premier lieu, nous allons arriver à Porquerolles et prendre contact avec les gendarmes, nous produirons nos titres de scaphandriers agréés et l'autorisation de fouilles du Bracmar. Ainsi, nous serons non seulement surveillés, mais aussi protégés par leur chef, l'adjudant Julien Troubarède

La coquine Antinéa n'avait pas tout dit à son cher cousin, dont elle pensait, fort justement d'ailleurs, qu'il avait sans aucun doute hérité de la rapacité de son père.

Et la douteuse faculté de s'emparer de tout ce qui était à sa portée, se disant que l'on pourrait s'en expliquer ensuite.

Et comptant, au cas où cela serait inaperçu, en conserver la totale propriété.

C'était dans ses gênes et elle le savait.

En conséquence de quoi, elle s'était donc réservé le point précis du trésor dans l'épave que lui avait murmurée sa mère au moment où elle perdait la vie :

- Ma fille chérie, tu chercheras dans le coqueron avant, je les y ai porté au cours de la nuit précédant l'arrivée en Corse.

Anti était bien triste d'avoir perdu sa mère qui avait pensé ainsi à sa fille jusqu'à ces derniers instants.

C'est donc ainsi, que quelques mois après, elle s'était en tant que touriste inscrite dans une sortie « Épaves » dans un club de Porquerolles

Plongeant un jour sur l'ex-Sagona devenu le Grec, elle s'était rendu compte que l'épave avait été coupée en deux à la hauteur du tiers avant.

L'instructeur qui la suivait, lui avait dit ensuite que cette partie manquante était, autant que faire se peut, en bon état mais situé plus loin.

Et donc jamais visité par les plongeurs « blaireaux »

Ce qui la faisait se réjouir se disant qu'ainsi son capital était sans aucun doute toujours là où l'avait dissimulé sa chère maman.

Cela, elle en ferait part à Sclampio et quand elle jugerait opportun, au tout dernier moment.

**La vedette de la gendarmerie nationale**

## À Porquerolles.

Le régime du puissant diesel venait de s'éteindre. Sans bruit, la longue felouque franchit l'entrée du port pour venir s'accoster sous la capitainerie.

Deux personnes composent l'équipage dont le matelot, un beau brin de fille, se tenait à l'avant pour lancer l'amarre sur le quai. Ce qu'elle fait avec une souplesse dénotant une aisance dans le geste. Le préposé sur le quai, troublé par cette apparition matinale, manque la réception du filin qui vientt de lui être envoyé, ébloui par un visage souriant entouré d'une longue chevelure brune serrée en queue de cheval et les yeux clairs dans de cette madone, ceinte d'un paréo entourant un corps de rêve... Le patron du bord, un fier gaillard de cinq pieds six pouces, brun et bronzé coupe le moteur. Voyant l'effet produit par sa splendide cousine, en bon Méditerranéen insulaire, il met les choses au point de suite, devant plusieurs autres jeunes mâles venants de découvrir sa parente :

- Alors, on perd la tête, rassurerez-vous, dit-il, en voyant arriver l'officier du port en uniforme, elle fait cet effet-là partout. Mais gare, on regarde et l'on ne touche pas !

Et de soulever son tee-shirt pour laisser apparaître le manche d'un large coutelas. Un geste qui lui attire aussitôt un appel du gradé chargé de l'accueillir :

- Monsieur Proxopoulos, nous sommes ici dans un pays civilisé, je vous prie donc de laisser à bord votre lardoire. Mon collègue de Toulon n'a pas manqué de me faire savoir que vous étiez dans nos eaux. Vu ce que j'ai trouvé sur votre compte, je constate qu'étant encore jeune, vous avez la fâcheuse habitude de vous montrer violent si l'on tente une approche de la belle Antinéa. Ces mœurs, héritées de votre père Achille, il va vous falloir les freiner si vous désirez rester ici, quelques jours.

La cousine elle, à cesser de rire en levant ces beaux yeux au ciel et prend la défense de cet excité de parent :

-	Excusez-nous monsieur l'officier, il vous joue la comédie se croyant encore dans ses îles du moyen orient. C'est moi d'ailleurs qui doit venir vous présenter notre dossier, et vous faire connaitre les raisons de notre arrivée à Porquerolles.

Et se tournant vers Achille :

-	Et toi, tu cesses tes simagrées imbéciles.

Ce que voyant l'intéressé jetant sa lame dans la cabine y entre à son tour.

-	Porca miséria…suivi d'une diatribe, d'un sabir connu de lui seul.

La belle Anti, après l'amarrage s'est habillée plus sérieusement, mais avec cependant une courte jupe, tenant à confirmer ce qui lui donne à chaque fois un avantage certain auprès des messieurs, si sérieux, soit-il.

Ce qui est le cas du capitaine de port.

Elle lui remet un exemplaire d'un dossier qu'elle commente :

-	Nous sommes ici pour quelques jours selon la météo. Effectivement, nous devons effectuer des plongées sur l'épave du Sagona, nommé maintenant le Grec. Cela à des fins archéologiques.

	Donc, nous sommes agréés par le Bracmar qui nous a délivré une autorisation de fouilles. Nous devons si cela est exact, retrouvé des chapiteaux de temples, les remonter en surface et vous les confier, ils seront ensuite pris en charge par les services officiels concernés

-	Voilà aussi, les deux fiches de nos identités

-	La copie de papiers de notre felouque « l'Athéna »

-	Enfin nos certificats de scaphandrier délivrés par l'ENS, un centre de formation agréé par les différents ministères concernés. Mon cousin Esclampio en est d'ailleurs sorti major du cours.

Cette dernière remarque attire, de la part de l'officier :

-	Effectivement, l'ENS est connue par la qualité de ses formations et en sortir major…à condition toutefois de freiner un caractère un peu trop autoritaire, dans une île où l'on vit dans le calme.

À ce sujet, je suppose que vous n'ignorez pas que vous devez aussi prendre contact avec la gendarmerie nationale qui est chargée de la surveillance des épaves et de celle-ci en particulier.

Le chef de la brigade, mon ami l'adjudant Julien Troubarède, est au courant, avisé de votre venue et des travaux que vous devez entreprendre.

Il ne vous reste donc plus qu'à prendre contact avec lui. Il est d'un abord très aimable tant que l'on applique le parfait respect des lois et règlementations en cours.

**Julien Troubarède, le chef de la brigade**

# À la brigade de Gendarmerie.

Il restait à l'équipage de l'Athéna à présenter l'agrément du Bracmar à l'autorité locale, en l'occurrence à la gendarmerie Nationale et à son chef l'adjudant Julien Troubarède.

Ce dernier avait déjà été averti par le Bracmar d'abord, qui avait fait suivre pour ampliation aux responsables du secteur le dossier d'autorisation de fouilles de l'épave du Sagona

Comme tout circule très vite, même dans une île, les pêcheurs locaux et en particulier Augustin Corniflouille cousin de l'adjudant étaient au courant. Ce dernier dit aussi « Titin » qui lui servait un peu d'informateur lui avait fait savoir que :

- Ju, j'ai un collègue qui arrive de Toulon pour faire la pêche cet été qui m'a parlé d'un drôle de bateau. Une felouque grecque qui en plus doit venir ici pour plonger et trouver le trésor de l'épave du Grec. Ce trésor, il y en a qui le cherchent depuis longtemps et qui ne l'ont jamais trouvé.

  Les derniers ceux qui habitent à l'ancien poste de douane de la galère, des anciens du GERS et des scaphandriers professionnels, ils y sont descendus quelques paires de fois et n'y ont trouvé que des blocs de marbres servant pour des temples en Grèce justement. Comme c'était trop lourd, ils les ont laissés au fond.

- Alors cousin, je serais que toi je garderai un œil sur ces « gensses ».

- Encore, qu'ils ne soient que deux, elle et son cousin. Même qu'elle, il parait que c'est un vrai canon, mais que si tu l'approche de trop prêt, un vrai fada, il te sort une lame comaco.

- On va encore passer de bons moments le soir, au bar chez Anaïs.

- Enfin, moi ce que je t'en dis…

L'annonce de cette arrivée s'était répandue très vite à tel point que Magali la belle épouse du gendarme, venait de passer, l'air de rien, au bureau de la brigade pour voir ce qu'il en était de cette franco grecque à la beauté renversante. Et comme elle le venait de le dire à ses copines sur le port :

- Ce n'est pas que je sois jalouse non ! Mais j'aime bien savoir qu'est-ce que c'est que celle-là. J'en ai trop vu de ces tavagnolles tournées autour de mon Juju lors des dernières affaires. Surtout ces deux belges la Birgitta et la dernière une Effrida, qui parait était en voyage d'études pour l'Europe.

Comme on dit en Provence entre les hommes, au bar de la plage d'Argent, et les femmes trainant sur le port, les nouveaux arrivants étaient « habillés pour l'hiver », sans cependant s'en rendre compte.

Surtout que l'accueil par le brigadier-chef François Santunet fut, comme à son habitude, aimable :

- Bonjour, le capitaine de port vient de nous aviser, je demande à l'adjudant s'il peut vous recevoir.

Prenant le téléphone interne :

- Mon adjudant, l'équipage de l'Athéna est là.

Antinéa s'était faite belle avec l'une des robes vaporeuses venant de sa mère et Sclampio avait mis un peu d'ordre dans sa noire chevelure. Il avait aussi accepté de laisser son coutelas à bord.

Julien les reçut cordialement :

- Heureux d'accueillir des archéologues reconnus. J'ai réceptionné le double du dossier du Bracmar. Pour nous les gendarmes tout est net. Il vous suffit de rester dans les termes définis pour les travaux à exécuter et tout se passera bien.
- Je relève que vous allez mettre au jour les chapiteaux et amphores qui se trouveraient au fond de la cale de l'épave avec un matériel adapté, c'est-à-dire des sacs de renflouement et un treuil puissant fixé sur l'avant de votre navire.

  C'est donc grâce à ce matériel que le mystère serait éclairci, car permettant de lever tout ce qui se trouve avoir été embraqué dans une île tunisienne, la Galite je crois bien. Donc tous les plongeurs qui y sont descendus n'y avaient pas accès.

- Vous n'ignorez pas cependant que l'épave est coupée en deux, son avant se trouva séparé du reste de la coque. Enfin, c'est votre métier…
- Chaque soir vous rentrerez au port et ce qui aura été récupéré sera remis dans un local de la gendarmerie
- Alors pour moi tout est clair. J'ai fait baliser l'épave et fixé un bout solide qui facilitera vos plongées. Aussi il y a eu une parution que vous trouverez affiché sous la forme d'une note Aff/mar, interdisant la navigation de plaisance dans un rayon de 500 mètres autour de votre felouque quand celle-ci va hisser le pavillon de plongée en cours.
  Pour parfaire cela, notre vedette patrouillera chaque jour dans cette zone. Voilà comment j'entends voir se passer, ces fouilles archéologiques.
- Vous avez des questions à me poser ?

Sclampio émet un grognement, vite coupé par sa cousine qui elle affiche un sourire appuyé :

- Monsieur le gendarme, je vous remercie de votre accueil et sachez que vous serez le bienvenu à bord.

Au moment de sortir de la brigade ils croisent dans le bureau d'accès la Magali qui les toise longuement et qui se précipitant dans le bureau de son mari :

- Dis Juju, on a eu les poules de l'Europe, maintenant ce sont les grecques !
- Magali elle est grecque seulement pas sa mère lui répond Julien et elle se nomme Letrouadec comme son père un officier de marine reconnu.

La suite risque d'être orageuse surtout que le Sclampio de son côté lui revenant à ses mauvaises habitudes :

- Anti, le gendarme on va l'acheter, mais le moins cher possible. Qu'en penses-tu ?

- Je pense que tu vas te tenir tranquille et que tu vas
  oublier les mœurs de ton île ! Pour le reste, je m'en
  charge !

Ils se retrouvent tous les deux dans le carré de la felouque ou
Antinéa va faire le point :

- Bon maintenant mettons en place les grandes lignes de
  notre chantier de fouilles archéologiques.
- À savoir que tu auras la part officielle le plus importante,
  tu vas remonter délicatement les chapiteaux au nombre
  de six qui se trouve sous les restes des futailles en bois.
  Il y a cinq bustes de femmes carthaginoises, que je n'ai
  pas fait figurer dans l'inventaire qui te sont dévolues.
- Elles sont de petits volumes tu dois pouvoir les hisser à
  bord et les embarquer discrètement dans ta felouque.
- Ce sera ta part, remplaçant les lingots d'or récupérés par
  les allemands lors du passage en Corse. Tu ne perds rien
  au change. J'ai vérifié, elles sont inchiffrables se
  trouvant être des pièces uniques. Cependant u en
  abandonnera une afin que nous ne soyons pas seulement
  de vils pirates. Ton nom apparaîtra peut être dans un
  grand musée, ce sera ta part de gloire !
- Rassure-toi à chaque fois je serai sur le pont pour assurer
  la diversion nécessaire. Sois tranquille j'ai hérité de ce
  côté un pouvoir certain sur les hommes, grâce aux gènes
  venant de ma mère.
- Ma part est encore plus discrète s'agissant de douze
  lampes à huile antique en or. Elles sont cachées dans le
  coqueron sous le pic avant et je peux les dissimuler sous
  mon vêtement lors de chacune de mes plongées
- Ne fais pas la grimace quand je parle d'or. D'après les
  études ces lampes correspondent en valeur à tes bustes
  de femmes, dont tu en as déjà la commande, de la part
  de ton gros américain.

Sclampio grogne un peu, lui se serait bien accaparé le tout, mais
il n'est pas sans ignorer, la rapidité de la riposte de sa chère

cousine, bien capable de lui ouvrir la gorge sur un simple revers de son minuscule poignard, très bien affuté.

-       Une pièce de collection dit-elle à ceux qui lui posent des questions sur ce bijou dangereux.

L'état va se retrouver avec ses blocs de marbre et une divinité Sclampio avec ses déesses et Antinéa avec des pièces valant très cher vu leurs origines, une somme bien plus conséquente que leur poids en or. Mais cela elle ne l'a pas dit à Sclampio !

Le lendemain par très beau temps, la felouque est à l'aplomb du Sagona où nos deux pirates s'apprêtent à faire leur première reconnaissance.

La vedette de la gendarmerie nationale se trouve être aussi sur place éloignant les curieux trop proches.

L'ambiance est calme, tout va bien sauf que…

Dans l'anse de la galère se trouve mouillé depuis deux jours un engin ancien avec une équipage de trois gaillards à mine patibulaire. S'y ajoutait une belle hôtesse, au corps somptuaire, une brune bien plus qu'avenante nommée Tessa Orizontalys. Ajoutons que le patron de cet équipage a une « tronche » chargée d'idées malsaines.

Cela n'allait pas plus loin dans l'immédiat et la première semaine prévue pour les reconnaissances allait se dérouler normalement.

La parentèle de Sclampio

### Les amis et cousins de Sclampio.

Car en fait, cet équipage bizarre, ce sont les descendants des amis d'Achille, le frère de Sophia. Enfin c'était des amis, car depuis longtemps, ils ne se fréquentaient plus, se fuyant même au bar de leur île. Surtout depuis son retour amer et grognon d'avoir été écarté par les navires et avions de la flotte du débarquement.

Qui plus est sa fin dramatique avait relancé cette histoire de trésor allemand.

Ce qu'avait en partie confirmé le pope lors de l'homélie l'accompagnant lors de la cérémonie suivant son décès :

- Achille Proxopoulos nous quitte bien vite ; déçu par l'adversité qui ne lui a pas permis de vivre heureux avec la récolte de sa dernière croisière.

L'ecclésiastique traitait bien simplement ladite récolte alors qu'il aurait dû s'agir d'un acte de piraterie notoire. Mais dans cette île, on vivait surtout des biens apportés par la mer généreuse, recueillis soit en surface, soit au fond.

En plus Achille avait confié à son fils Esclampio son dernier journal de bord.

Ce digne rejeton, jeune fou, l'avait fait voir à ses copains.

C'était ceux-là qui l'avait suivi dans sa croisière, se doutant bien que s'ils n'intervenaient pas, il n'y aurait pas le partage ainsi que prévu dans les mœurs de leur communauté insulaire.

Alors comme « des vautours « sur leur charnier natal », ils venaient très logiquement réclamer leur part.

Sclampio les avait bien vu, mais semblait les ignorer alors que sa sœur s'en inquiétait elle :

- Dis-moi Sclampio tu les connais, je les aie entendus hier soir en passant devant un bar, il me semble bien qu'ils parlaient grec. Maintenant, ils sont là, et ils nous observent à la jumelle. J'en ai d'ailleurs parlé au gendarme qui m'a répondu que tant qu'ils n'entraient pas dans la zone il ne pouvait pas intervenir mais que si cela était le cas, il ne s'en priverait pas

Sclampio s'était tu, le profil bas, jouant le marin malheureux, jusqu'au matin où sortant de l'anse de la galère, se mettant dans son sillage, ils avaient suivi la felouque et soudain sortant un entonnoir style beuglant en ancien, ils s'étaient mis à crier :

- Ô Sclampio, tu n'es pas content de nous voir, nous les amis de ton père, tes cousins, tes frères !

Le moins que l'on puisse dire, c'est que le Sclampio ne partageait visiblement pas ces marques d'affection débordantes.

Il est certain que, se sachant près de réussir, il avait un peu oublié les promesses qu'il avait faites à ses collègues un soir de fête largement arrosée d'ouzo.

Eux, pas content de trouver au port, le mouillage de sa felouque vide, l'avaient cependant attendu quelques jours.

Mais au bout d'une semaine ils avaient compris que les promesses n'engageaient que ceux qui y croyaient !

Ils avaient donc appareillé, cap à l'ouest, se souvenant de ses récits sur les aventures de son père et surtout du nom de l'épave.

Ce qui leur avait été facile en se  servant de la collection des « Épaves de Provence » un ouvrage de référence de Jean Pierre Joncheray, un plongeur et archéologue célèbre.

Ils avaient ainsi retrouvé le Sagona baptisé le Grec et fréquenté par tous les clubs de plongée de la région.

La compagne de l'un d'entre eux, Tessa Orizontalys, cette belle gaillarde brune à la poitrine épanouie et la chute de rein prometteuse, s'était rendu dans les bars toulonnais et avait vite retracé le passage de Sclampio, retrouvé sa cousine la belle Antinéa.

C'est donc ainsi que toute cette équipe de malfaisants s'était mise en embuscade, non pas au port de Porquerolles, mais dans l'anse de la Galère, devant l'emplacement tracé par des bouées mises en place par le Bracmar.

Ces joyeux grecs se croyaient ainsi inconnus et pouvant passer pour des touristes, alors que la gendarmerie de l'île était au courant depuis le premier jour leur arrivée.

Il ne faut pas oublier que le chef de la brigade, Julien Troubarède était servi par tout un réseau d'amis aussi bien à terre qu'en mer.

Surtout depuis longtemps et, dans ce dernier cas par son cousin Augustin Corniflouille dit Titin.

Ce dernier « pistachié » comme pas un avait vite pris en chasse la Tessa alors qu'elle était venue faire des courses chez les commerçants locaux. Tel un chien d'arrêt, après l'avoir accosté, il l'avait invité à déjeuner chez sa tantine Anaïs, qui tenait fourneaux à l'auberge de la Plage d'argent. Sentant, comme il l'a dit ensuite « la bonne affaire », il avait convaincu cette égérie sulfureuse de partager avec elle le confort du grand lit prévu à cet effet dans son cabanon situé fort justement, juste au dessus de l'anse de la galère

Le lendemain matin, après avoir interrogé les réseaux policiers internationaux sur l'ordinateurs de la brigade, le gendarme était tombé en expectative devant le palmarès de ceux qui se disaient amis et familles de Sclampio.

Tout y était en matière de forfaiture maritime, l'un d'entre eux le plus vieux étant même connu comme naufrageur !

- Titin tu viens encore une fois rendre service à la gendarmerie nationale reconnaissante !
Pas trop quand même, juste une amphore par ci par là, mais pas de pillage en règle.

L'ennui c'est que si le Titin était fier de sa dernière conquête, celle -ci avait commenté à voix haute les exploits de son amant sur le port. Et c'est là que le Tonin Pompaloli…

**Tessa Orizontalys**
**La conquête de Titin Corniflouille**
**L'informatrice de Tonin Pompaloli**

# Un Scoop pour Tonin Pompaloli

Car c'est ainsi, grâce à ce correspondant de la presse locale, que ce qu'il en advint, allait causer à tous moult problèmes.

Ce zélé journaliste, il s'agissait en l'occurrence d'Antoine Pompa connu comme « Tonin Pompaloli » au bar de l'auberge de la plage d'argent que tenait Anaïs qui était un peu la tantine et la cousine de tout le monde.

Ce Pompaloli, possédait un surnom bien destiné car il était capable pour obtenir une première page de « mettre bien de l'huile » dans les détails d'un fait divers.

Sur le port on le disait mettre ladite huile sur le feu quand son écriture partait dans le lyrisme provençal. Ce qui ne manquait pas ad'arriver souvent.

Ce qui fut le cas ce matin-là quand les habitants de l'île purent découvrir un titre accrocheur dans la première page de leur quotidien. Que l'on en juge :

- « Le trésor de Rommel dans l'une de nos épaves »

La suite était « du même tabac » comme le soulignait le père Mafanti qui avait quitté son cabanon de la Treille pour venir au village faire le plein de bouteilles de pastis.

Se prenant pour Zarathoustra, ainsi parlait Tonin Pompaloli :

- J'ai eu la chance hier de rencontrer dans l'un de nos établissement Madame Tessa Orizontalys, la cousine d'Antinéa hôtesse à bord du navire « Jupiter » mouillé à la Galère. Le capitaine du navire étant fatigué par sa croisière venant de Grèce a décidé de rester quelques jours sur place pour se reposer avec son équipage Dont la belle Tessa au profil vénusien si attractif.

- Pressentant un évènement intéressant, je l'ai invité à partager une bouillabaisse, largement arrosé des vins de notre île dont on sait combien ils sont capiteux, permettant selon la consommation qui en est faite d'avoir besoin de se confier. C'est ce qui lui est arrivé en fin de repas, sans que j'aie besoin d'aller plus loin contrairement aux rumeurs malveillantes à mon égard répandues dans la population

En fait Tessa, pourtant habitué aux rudes assauts des touristes, n'avait pas voulu le suivre dans son studio, un gourbi où l'on range sur le port des engins de pêche et où Tonin bousculait ses conquêtes sur un tas de filets humides.

Tessa elle aurait peut-être fini par céder vu son état d'éthylisme mondain mais la veille elle avait eu à découvrir l'amour provençal dans le cabanon de Titin.

Néanmoins elle n'hésita pas à se confier, afin que ce qu'elle allait conter soit répandu au maximum, sous forme de fuites.

La fine mouche, ayant appris qu'il était journaliste, sur les ordres de ses associés, n'avait pas hésité tout en se faisant mystérieuse à se faire inviter et régaler la meilleure table de l'île. Maintenant sur la fin jouant son rôle à la perfection elle se pencha vers le Tonin, découvrant sa lourde poitrine orgueilleuse, allant jusqu'à se monter câline

- Nous sommes grecs et c'est tout à fait par hasard que nous avons retrouvé des amis de la même île.
- Ce sont eux qui font parait-il des recherches archéologiques ce qui n'a pas manqué de nous surprendre quand on connaît la réputation de celui qui s'appelle Esclampio Proxopoulos. Lui, qui m'avait fait une promesse de mariage vite oubliée.
- Bref je m'écarte du pire. Car avec eux il y a bien le pire. Quand nous avons voulu les joindre pour les inviter à bord ils ont fait ceux qui ne nous connaissaient pas.
- Pire, allant jusqu'à faire venir la vedette des gendarmes dont l'officier nous a chassé menaçant même de nous verbaliser et de saisir notre bateau. Alors que notre démarche n'était qu'essentiellement amicale dû à la surprise de retrouver des voisins, que dis-je de la famille, si loin de chez nous. Je pense que vous me comprenez ?

S'il comprenait le Tonin, il en bavait presque, s'étant même éloigné un moment pour téléphoner au siège de son journal afin de réclamer la première page et des vues couleurs. Aussi l'encourageant :

- Oui ! Oui ! continuez surtout

La suite ne pouvait que le combler :
-    Je vois que vous ne savez rien, c'est une famille de pirates depuis plusieurs siècles. Sans aller chercher trop loin la mère de la belle Antinéa, c'était une « collabo » elle dansait pour les allemands dans tous les ports de la méditerranée pendant la dernière guerre.

C'est, d'ailleurs comme cela qu'un général anglais s'est suicidé pour ses beaux yeux

Tonin n'en peut plus car elle continue :

Le père du beau Sclampio, pire encore, lui c'est un faussaire qui a vendu plusieurs Vénus de Milo, en cassant les bras à des statues volées ailleurs.

Son meilleur acheteur c'est un américain W. Slipmann, qui est connu des gendarmes ici, pour un trafic d'amphores. Il est avec son navire au large et il doit attendre le Sclampio pour faire un chargement.

Cela va durer des heures. À l'aube, la belle est partie après avoir semé son venin.

Tonin lui seul dans un coin de l'auberge tape à tour de doigts, sur son ordinateur et envoie un article explosif, qui va vite s'allumer, comme on peut s'y attendre.

**Le supposé trésor vu par Tonin Pompaloli**

## Le feu aux poudres !

L'adjudant Julien Troubarède, chef de la brigade de la Gendarmerie Nationale de l'île de Porquerolles venait de s'enfermé à double tour dans son bureau. Ce qui arrivait rarement et ne manquait pas d'inquiéter ses hommes. Surtout son adjoint Pierre Santunet qui lui, le connaissant bien, savait que la tempête de l'année était en cours. Et qu'elle allait certainement se transformer en ouragan tropical.

Il avait raison quand soudain la porte s'ouvrant brutalement, un ordre, ou plutôt une clameur, jaillit :

- Vous me trouver le Pompaloli, vous me l'amener ici après lui avoir passer les menottes et l'avoir trainé sur le port, afin que toute l'île soit au courant !

Son second inquiet :

- Mon adjudant, vous êtes sûr que... à moins qu'il ait commis un crime, un meurtre ?

La réponse grinçante de son supérieur ne se fait pas attendre, Julien brandissant le journal local qu'il vient de trouver sur son bureau :

- Un meurtre ! Pire ! Une atteinte à la sureté de l'état ! Une trahison ! Dans une heure vous me mettrez en place un peloton d'exécution. Et pour le mur vous choisirez celui de l'auberge de ma tante Anaïs, lieu de sa forfaiture ! C'est moi qui commanderai le feu !

Il retourne dans son bureau en claquant la porte.

Effectivement, les gendarmes qui n'apprécient pas toujours les foucades du journaliste vont l'encadrer, lui passer les menottes dans le dos et très lentement après quelques détours et arrêt devant les bars en cours d'ouverture, finissent par le livrer à leur chef, dont la colère peine à s'éteindre.

- Espèce de tronchemolle, darnaga, marquamaou, journaliste en peu de lapin, écrivaillon à la petite semaine, tu as mis l'île en état de siège et de révolution. Je vais établir une cour martiale dont tu seras le premier prévenu. Avec une seule sentence, la mort par fusillade. Et c'est encore trop bon pour toi, je me demande si je ne vais pas préférer la pendaison au bout d'un gibet sur la grande place !

Et de lui jeter au visage le journal ou fleuri la prose du Pompaloli, ajoutant :

- Mais avant je vais te le faire bouffer ton article.

Se tournant vers son brigadier-chef :

- Je vois qu'il ne tient pas sur ses jambes, alors vous me le coller en cellule de dégrisement pour la semaine !

Il faut reconnaître et surtout excuser la colère du chef de la brigade quand on lit en entier et en première page du quotidien local ce que le Pompaloli décrit sur « Le trésor de Rommel dans l'une des épaves de notre île »

C'est surtout la fin qui est plus que sulfureuse ainsi que quelques encadrés don l'un en particulier qui s'étend sous le titre provocateur :

- Le Beau Sclampio, archéologue se voulant être distingué ne serait-il pas tout simplement un brigand ?

Ajoutant un peu plus loin :

- Comment cet individu et sa sœur peuvent t'ils en plus être protégés par la gendarmerie Nationale et son chef dont on connaît la rigueur habituelle

Ladite rigueur ne serait-elle pas appliquée dans ce cas devenant bien trouble et pourquoi !

Pour en finir :

- Le charme de la belle Antinéa ne serait pas étranger à cette protection quand on sait qu'elle se rend tous les soirs, fort tard dans les locaux de la brigade, auprès de son chef ?

Pour remettre le rapport de plongée du jour parait-t 'il ?

On est endroit de se douter que c'est en première lecture, cette dernière partie qui a déclenché l'ire de l'adjudant.

Surtout que déjà son épouse la belle et redoutable Magali vient d'entrer dans son bureau franchissant le verbe haut celui du réceptionniste :

- Alors comme cela moi la femme du gendarme de Porquerolles, je suis cocu par une gréco-italique,

Et de lui jeter au visage son exemplaire :
-   Car maintenant, elles sont deux ! Tu te prends pour le
    Grand Turc et tu veux constituer un harem avec ces
    moyennes orientales ?
Il va falloir devant cette nouvelle attaque que les gendarmes
retiennent à bras le corps leur chef qui vient de décrocher un
sabre d'abordage dans le décor et qui veut avec aller trancher le
cou de Pompaloli.
Ce dernier est heureusement enfermé dans la cellule de
dégrisement dont on a dit au patron que l'on en a perdu la clef.
Sinon le sang risque de couler !
Il faudra des heures pour que le calme revienne, surtout qu'un
autre problème vient de se faire connaitre cette fois sur les lieux,
à l'aplomb de l'épave.
Et fort justement au moment où Sclampio commence à ramener
en surface les premiers chapiteaux en marbre.
Pour l'instant le grec n'est pas au courant des attaques du
journaliste. Mais le soir, en ayant certainement pris
connaissance, on va le voir roder sur le port et dans les bars, son
large coutelas d'abordage à la main, la mine sombre éructant :
-   Notre honneur et surtout celui de ma cousine est bafoué,
    cela ne peut se réparer que dans le sang !
C'est encore Antinéa qui va le calmer en lui disant qu'il risque
de perdre le trésor, ce qu'il comprend très vite !

**La foule des navires de toutes sortes…**

# La ruée vers l'Or !

Ce titre pourrait être provocateur ?

À peine, quand on voit la flotte d'embarcations de toutes tailles et de toutes natures, qui tournent autour du site se maintenant presque à l'aplomb des bouées de balisage.

Il y a là certes, les clubs de plongée locaux, qui en profitent pour faire juste une visite de surface avant d'aller emmener leurs palanquées ailleurs, dont le Donator l'épave voisine

Mais il y a les autres !

Tout d'abord ceux qui se disent « Les amis de Sclampio » et lui offrant généreusement une aide bénévole.

Ils vont être vite chassés par les gendarmes venant d'arriver sur les lieux :

- Vous n'avez aucune autorisation du Bracmar et en plus vous n'avez pas la qualification requise délivrée par l'ENS. Alors éloignez-vous de suite.

Ils vont obtempérerez en grognant avec des menaces :

- On verra cette nuit !

Ils ne sont pas les seuls, plusieurs équipes s'apprêtent à se mettre à l'eau cependant éloignées du site. Julien comprend très vite qu'ils sont équipés d'appareils Tech n'émettant pas ou peu de bulles donc fort discrètes, ce qui va leur permettre d'entrer dans la zone interdite en espérant ainsi ne pas être repérés. Le gendarme les laisse s'équiper et au moment de leur mise à l'eau leur signale que :

- Connaissant votre but, je vous signale que je vais remorquer votre navire à un mille, cela vous fera parcourir une peu plus de chemin au retour

    Et si vous émergez en zone interdite ou proche, je vous mets en garde à vue et bouclés dans les cellules de la brigade. J'ajouterai la saisie de votre matériel qui, je le sais coute fort cher !

Le résultat est immédiat, tous déguerpissent, certains parlant d'en référer en haut lieu auprès de personnages haut placé dont ils se disent parents ou amis très proches

Et de maudire l'ile de Porquerolles et ses habitants.

Entendant cela Julien ricane et à voix haute :

-   Demandez donc de l'aide à l'ex ministre des PTT, le sieur Choufignasse, il s'en souvient lui de Porquerolles (du même auteur lire à ce sujet « La Princesse du grand Sarranier »)

La nuit suivante, il va y avoir quelques tentatives vite réprimées. Une belle brochette d'audacieux récupérés alors qu'ils font surface iront remplir les geôles de la gendarmerie

Certains vont se perdre dans l'obscurité récupéré au matin par Titin de retour de sa pêche et au bar d'Anaïs de conter :

-   J'en ai ramassé deux du côté du cap d'armes qui se sont fait prendre dans le courant ligure et qui allaient rejoindre Toulon à la nage. Il y en a même un qui a été récupéré par le ferry de la Corse. C'est dire si celui-là il partait en Amérique.

Tous de rire sauf le père Bronzés présent en train de prendre son café matinal :

-   J'ai entendu dire, mon fils, qu'une belle suissesse, vous aurait vigoureusement remercié quand après l'avoir sauvé de la noyade, vous l'auriez aussi réconforté par des soins efficaces dans votre cabanon de la Galère.

    Un péché véniel sans doute que j'entendrai volontiers en confession.

Cela ne va manquer de se repependre sur le port ou Titin se verra qualifier du titre pompeux de « Sauveur des dames ».

Il en sera d'autant plus gêné que celle nommée « la blonde du lac Léman, » lui réclamera des soins constants et quotidiens, pendant tout son séjour.

Cet aventure épique et érotique d'un membre éminent de sa famille va faire rire Julien et le détendre.

Il va donc libérer Pompaloli après deux nuits ajoutant :

-   Tu as de la chance, j'ai besoin de place pour loger tous les marquamaous que je cueille la nuit sur la zone de recherches archéologiques.

A ce sujet, tu devras en profiter pour pondre un article sur la rigueur de la loi que j'entends bien voir appliquer en ce moment

Le gendarme sera satisfait le lendemain en lisant son quotidien où il va découvrir un titre flatteur :

- La gendarmerie de Porquerolles fait respecter les règles de la mer.

Suit un article dithyrambique où, vu le nombre d'arrestations et de garde à vue largement exagéré, il insiste sur la fin :

- Porquerolles, telle l'île d'Alcatraz ne laisser pas fuir ses prisonniers.

C'est alors l'office de tourisme qui lui demandera de corriger son texte et d'apporte un démenti à cette fâcheuse comparaison risquant de faire fuir les visiteurs nombreux le dimanche.

Ne sachant plus à quel saint se vouer le malheureux journaliste va se faire déplacer momentanément par son rédacteur en chef pour aller enquêter sur un vol de truffes dans le Haut var.

Le calme serait donc revenu. C'est aller bien vite en besogne, car les pires, ces soi-disant « amis de Sclampio », eux mauvais fers, ne sont pas loin.

**Un cousin de Sclampio**

## Une tentative de rapt.

Une longue période de beau temps, ne pouvait que faciliter les travaux de relevage archéologiques en cours.

Esclampio y allait de bon cœur, pressé qu'il était d'atteindre le dessous de la cargaison et de trouver les bustes en marbre pour lesquelles il avait des projets fructueux.

Ce qui lui attira cette remarque de sa belle cousine :

- Sclamp, tu devrais te calmer, car si tu vas trop vite les plongeurs de contrôle du Bracmar qui doivent intervenir sur la fin des travaux risquent d'arriver trop tôt et découvrir ton futur butin. Regarde-moi, je continue à chercher et j'ai beaucoup moins de succès que toi. Juste une amphore, par ci par là…

  Et encore beaucoup de tessons divers, dont je promets de faire un tri historique certes.

  Mais qui encombrent les locaux de la gendarmerie.

Sclampio réfléchit, ce qui chez lui n'est pas facile quand tel un grand fauve qui se sent proche de son gibier, il a du mal à contenir sa faim. Mais au mot de gendarme il réagit :

- Justement le pandore, je le trouve bien calme, tu ne te serais pas laisser séduire. Car les penchant sulfureux de ma tantine t'ont sans doute été transmis.
- Que non, tu es fou, répond la belle Antinéa !

Avec un sourire mutin elle insiste :

- Tu ne penses qu'à cela, j'ai appris à utiliser certes mes charmes mais aussi ma tête. Julien…

Car visiblement elle appelle le militaire par son prénom.

- Julien, figure toi qu'il est tout simplement satisfait et il y a de quoi. Tout lui réussit sans avoir besoin de me mettre dans son lit. Il a d'autres choses à penser, j'y ai veillé crois-moi. On ne va pas tarder à voir décamper ta famille et l'autre allumeuse de Tessa.

Effectivement dans les jours suivants, la belle gréco-italique réussi son coup un soir en dénonçant les menées de la bande de marquamaous qui sont maintenant basés dans l'anse de la Galère. Ils sont fous de rage de voir Sclampio faire une telle moisson de pièces anciennes. Les chapiteaux eux, ils les vendraient à la pièce, si seulement ils pouvaient approcher la felouque. Ils ont bien tenté quelques essais de nuit. Mais même en ayant réussi à monter à bord discrètement, ils sont repartis déçus, tout étant comme prévu, descendus et stocker lors de chaque retour au port, dans le garage des gendarmes. L'envie les rendant audacieux, ils ont, là aussi, fait une approche, très courte, et cependant surprenante …

Et pour cause quand, sortant de l'ombre Julien et trois de ses hommes les ont collés au mur en grondant. Ils se sont vu passer les menottes et trainer dans les locaux de la brigade où ils ont été sollicités vigoureusement par Julien :

- Alors on rôde à la recherche d'un mauvais coup, d'un vol de matériel archéologique peut être ?

  Ou alors, et je vais être brave ce soir, juste une promenade pour profiter de la fraîcheur nocturne.

  Si c'est le cas et c'est ce que je veux vous entendre me dire, il vous reste à retourner rapidement à bord de votre bateau de pirates et y rester.

  Le mieux d'ailleurs, serait que vous déguerpissiez très vite, car je me suis laissé dire que pendant vos absences, une ombre sous la mer s'est approchée pour vous faire cadeau d'une amphore !.

  La même ombre m'a téléphonée anonymement, m'incitant à venir faire à votre bord une perquisition en règle à l'aube. Dépêchez-vous je vois que l'horizon s'éclaircit à l'est.

  Mes gendarmes ne vont pas tarder à embarquer dans la méhari du poste pour faire une patrouille qui pourrait se révéler fâcheuse pour vous.

Les voyous dépités repartent en courant et arrivent, heureusement pour eux, avant les gendarmes pour trouver effectivement une poterie de peu de valeur cachée sous une bâche à fond cale.

Ils vont la casser en miettes et jeter le tout par-dessus bord, la bave aux lèvres, se contenant devant les patrouilleurs de Julien qui plaisantent eux :

- Alors comme cela on casse la vaisselle, quelques gestes maladroits sans doute. Allons la mer est belle sur toute la méditerranée pendant encore quelques jours, profitez-en pour retourner dans votre beau pays.

Ce qu'ils font dans la matinée, hurlant à la provocation policière. Ce qui va contenter Julien :

- Bien ! On est débarrassé de ceux-là, les autres tous des petits minables ne vont pas tarder à en faire autant devant notre garde, on ne peut plus efficace.

  Mais je me demande qui est cet « ombre sous la mer » que le chef Santunet a vu un soir alors qu'il était de garde au poste de guet de la douane.

Pensif, il regarde attentivement Antinéa qui, charmante vient lui rendre son rapport quotidien

- J'ai bien ma petite idée là-dessus…, mais n'en faisons pas état, cela risquerait de raviver les mauvaises idées, de ma douce Magali.

**Les chapiteaux de marbre**

## Un chantier qui progresse chaque jour.

Effectivement, sous la houlette d'Antinéa qui tient la bride à son turbulent cousin et la surveillance rigoureuse des gendarmes, tout se passe bien.

Tous les soirs, la belle archéologue vient remettre la liste de ce qui a fait surface et de ranger, après étiquetage les pièces ainsi mises au jour.

Sclampio paraît calme ce qui inquiète sa cousine qui n'extériorise pas ses craintes, ce qu'elle juge troublant :

- Il est bizarre et bien tranquille ce qui est surprenant de sa part. Il a même rangé son coutelas. Enfin je me demande à qui il a envoyé les photographies qu'il prend tous les jours en plongée.

  Que manigance-t-il ?

Après tout, des journées sans esclandre, c'est toujours bon à prendre. La suite de ces travaux photographiques sera quand même à la hauteur des angoisses d'Antinéa.

Elle de son côté, a bien découvert le coffre situé sous le coqueron. Travaillant délicatement sans se presser elle à finit par en forcer l'ouverture ouvrant grands ses beaux yeux quand elle en a découvert le contenu, comme prévu dans l'inventaire que lui a laissé Sophia sa mère.

Elles sont bien présente les lampes à huile en or et le compte est plus que juste :

- Comment cela se fait-il, il y avait sur la liste douze lampes et j'en trouve trois de plus mais en tout petit modèle pouvant se porter sur une chaine de tour de cou. Que vais-je en faire ?

  Enfin passons, on verra bien.

Alors qu'elle se trouve au palier, il lui vient une idée de fin de chantier.

Ledit chantier va d'ailleurs être stoppé par un coup de vent d'est persistant leur permettant ainsi un repos d'ailleurs nécessaire

Sauf pour le Sclampio qui un soir :

- Belle cousine, l'homme que je suis, à besoin de retourner sur notre île pour voir si en mon absence tous se portent bien. Surtout les trois secrétaires que j'ai installé dans les palaces.

Anti, je pense que tu me comprends.

Elle s'en doutait mais vient d'avoir la confirmation de ce second volet d'activités délictueuses de son louche parent :

-   Sclamp, tu n'es qu'un vil proxénète, ce dont je me doutais, ton père l'était aussi.
-   Mais si tu te fais ramasser là-bas et que tu ne peux revenir crois bien que je n'aurai aucun mal à te trouver un remplaçant. Surtout que lors de ma dernière plongée je suis descendu dans les cales et j'ai pu voir que les bustes des déesses étaient presque apparents.

Ce qui fait tiquer le grec :

-   Oui, tu as dû voir qu'il n'y en pas douze mais seulement trois, il y en a qui ont dû se servir, soit à l'embarquement à La Galite, avec le beau pêcheur séduit par ma tante. Soit à l'escale de Bonifacio.
-   C'est à dire avec les sbires de von Kartofenn, ces rapaces !

    C'est pour cela que je vais chez nous pour réparer cette injustice et revoir mes comptes.
-   J'aurai bien voulu régler cela ici, mais je n'ai pas trouvé la main d'œuvre qualifiée.

Elle préfère faire la sourde oreille et ne rien savoir. Ce qui ne va pas durer quand Julien le soir même après le départ du Sclampio la prend en aparté :

-   Dites-moi Antinéa, votre cousin a encore fait des siennes. Il m'a été rapporté qu'il s'était rendu chez un sculpteur avec des photos de statuettes venant disait-il de chez vous en Grèce, lui demandant s'il pouvait en faire des copies.

    L'artiste l'a éconduit et en a fait état dans les bars du coin, stipulant qu'en plus c'était des œuvres d'art africaines, carthaginoises sans doute, bizarre non ? Ce qui évidemment m'a été rapporté.

Antinéa est folle de rage mais ne le laisse pas paraitre attendant la suite. Le gendarme sensible à sa beauté lui, se laisse prendre par un sourire qu'elle a cependant du mal à afficher. Il se fait donc aimable :
-	Vos fouilles marchent bien à la satisfaction du Bracmar. Alors je ne tiendrais donc pas compte de cet écart, même pas vis-à-vis de mes confrères grecs.
Elle se fait charmante et se demande comment elle peut le remercier se disant qu'après tout il est bel homme…

**Les bustes des déesses carthaginoises
…le butin de Sclampio**

## De bien louches manœuvres

Ce soir-là avant de quitter le poste de plongée au-dessus de l'épave, Antinéa et Sclampio, admirent la tombée du jour, le soleil ayant déjà disparu depuis un bon moment derrière les collines de Porquerolles.

La brise de terre souffle légèrement de l'ouest, permettant à un léger bateau de faire voile vers Ports Cros, ce qui attire l'attention d'Antinéa :

-	Dis-moi Sclamp, d'où il vient ce bateau j'ai l'impression qu'il est sorti de l'Anse de la Galère, où pourtant il n'y a plus personne ?

Frisant sa moustache, affichant un sourire sinistre le cousin s'exprime après un silence lourd :

-	C'est ma fiancé, la belle Tessa, qui va m'attendre avec ce petit 420 que j'ai acheté il a quelques jours

Effectivement Anti utilisant maintenant les jumelles du bord suit la course de la voile qui s'éloigne :

-	Mais dis donc elle le tient bien, mais c'est très petit. Cette Tessa c'est bien l'équipière de ta bande de cousins pirates, elle est ta fiancée maintenant ?

-	Et qu'est-ce qu'il y a sur cet engin, elle ne compte pas aller en Grèce avec ? Explique que moi ! Encore une de tes combines tordues

Le Sclampio décide donc de se confesser :

-	D'abord la Tessa il y a longtemps que l'on se fréquente ; c'est même elle qui surveillait chez nous, mes « secrétaires touristiques ». Et comme j'avais besoin de ses charmes quand je l'ai vu avec les autres malfaisants, je lui ai fait une proposition qu'elle ne pouvait pas refuser, en souvenir de nos amours de jeunesse.

Tout d'abord pour conserver son job d'été, intéressant pour elle payée pour chaque visite d'un touriste. Ensuite c'est une fille de l'île, la mer et les bateaux elle les connaît.

Alors, figure-toi que ton cousin, le Sclampio, il savait ce qui allait se passer le dernier soir. Ton gendarme avec les douaniers, la marine et tutti quand ils allaient passer ma felouque au peigne fin, pour voir si je n'embarquais rien.

- Ma part de trésor, je la récupère cette nuit à la pointe de Bagaud ou Tessa m'attend avec mes trois bustes bien emballés au fond de ce youyou que je coulerai ensuite au large.

- Arrivé en vue de la côte de notre île, j'en mouille deux dans l'une de mes grottes sous-marines. Celle qui reste à bord, je me la fais saisir par nos gendarmes, qui vont le remettre au Musée du port. Cela va se savoir dans toute la méditerranée et donner une vraie valeur aux douze copies que j'ai fait réaliser le mois dernier. C'est ainsi qu'elles vont être authentifiées officiellement, bien que clandestines.

- Et les deux autres authentiques, je me les garde au frais. Tu comprends bien qu'il fallait que je gagne ma vie et c'était la seule méthode.

Ajoutant profondément choqué :

- Le Titin, « l'indic » de ton gendarme tous les soirs qu'il me voyait remettre le chapiteau récupéré le jour, il se moquait de moi, prétextant que cela ne devait pas m'être facile de remettre ces pièces, sans avoir le droit d'en dérober au moins une, si ce n'est toutes.

- Il a même ajouté que le jour du départ j'aurais une felouque remise à neuf, après les visites des autorités, qui allaient y faire un grand nettoyage.

- Surtout le capitaine de la douane, un certain Rossi connu pour avoir vider le yacht de W. Slipmann, le roi de la lingerie féminine à New York. C'est lui qui vient tous les ans pour acheter, en bons dollars toutes les pièces archéologiques récupérées par des pirates.
Alors Anti, tu comprends que je devais réagir devant ce manque de confiance à mon égard.

- Mais toi, au fait, tu comptes t'y prendre comment pour conserver ce qui te reviens.

- Il est vrai que tes lampes à huile en or c'est moins encombrant mais comment…

Elle éclate de rire :

- Sclampio, moi je suis une archéologue honnête, je leur ai remis toutes les amphores et toute la vaisselle du Négus en étain.

- Pour le subsidiaire, ma part donc, je les ai remontées une à une enfoui au milieu des tessons dans mon filet personnel. Et lors de chacune de mes visites à Toulon, j'allais garnir le coffre de ma banque. Il ne m'en reste donc plus à mettre à l'abri.

- Mais, tout comme toi avec tes pièces, il va me falloir en mettre un exemplire en circuit pour faire connaître le reste. Vendues officiellement mais d'une origine mystérieuse donc inconnue, elles vont tripler leur valeur déjà élevée.

**Pour Antinéa, le Mérite Subaquatique**

## Le résultat de fouilles archéologique heureuses ?

Ce qui aurait dû être le cas quand enfin le Bracmar mit fin officiellement aux fouilles sur l'épave du Grec.

Ce qui fut annoncé en première page dans le journal local par Tonin Pompaloli :

-   « Le trésor de Rommel a fini de voir le jour, toutes les pièces récupérées par deux vaillants archéologues sous-marins reposent maintenant dans les locaux de la brigade de gendarmerie de Porquerolles et sous bonne garde, comme me l'a affirmé son chef.

    On y dénombre en particulier douze chapiteaux de marbre grec, un lot de 10 amphores, 3 statuettes en terre cuite provenant sans doute de la haute Egypte.

    Enfin une couronne de fer d'origine abyssinique sur laquelle devait être fixé des pierres précieuses. D'après madame Antinéa Letrouadec et son cousin Esclampio Proxopoulos ces dernières ont dut être arraché par la soldatesque nazie lors du prélèvement furieux qui a été opéré à bord du Sagona au cours de son escale en Corse. Une troisième couronne elle a carrément disparue.

    Cependant les autorités du Bracmar se révèlent extrêmement satisfaites et parlent d'obtenir le Mérite Subaquatique pour Mme Letrouadec, cette dernière séjournant encore dans l'ile pour une semaine afin de se reposer de sa campagne de plongée. Il en était prévu de même pour son cousin.

    On dit que ce dernier, amoureux de son île aurait préféré quitter rapidement nos eaux. Un autre bruit plus fâcheux viendrait d'une mise en demeure immédiate de ne plus remettre les pieds sur le littoral français et celui de Porquerolles en particulier… »

Tout se passait donc bien, sauf pour Julien, à qui il avait été cnfié que la nuit une ombre rodait sur la plage d'argent.

Ce qui lui fut confirmé par son cousin Titin venant au rapport quelques jours après.

- Ju, figure-toi qu'après ton ombre sous la mer, il y en aurait une sur nos plages, souhaitons que cela ne soit pas la même., je vais aller voir la nuit prochaine.

Et le lendemain :

- Bingo Ju ! Je l'ai vu ton ombre. Qui, mais je n'en suis pas certain me rappelle une silhouette féminine que j'aurais aperçu, dieu sait où ? Mais, rassures-toi, que je ne connais pas intimement. J'insiste en te voyant sourire. En plus figure toi que je l'ai vu piocher le sable là-bas à l'extrémité ou se fait bronzer Adèle la luxembourgeoise, celle que son mari il aurait un poste  d'un grade élevé au conseil de l'Europe.
  Même qu'elle se fait appeler Mme la Sénatrice.
  Bref, je ne vois pas ce qui se passe, mais le mieux c'est d'attendre.

Le conseil était sage. Mais ils n'ont pas eu tous les deux à attendre longtemps, quand le CRS/MNS qui surveillait ladite plage envoya un appel radio :

- Il faut venir vite la sénatrice est blessé et maintenant elle est en train de se crêper le chignon avec sa voisine de plage, Frida une allemande gaillarde. Venez vite je n'arrive pas à les séparer.

La méhari de la Brigade, avec Julien et trois autres gendarmes, fonçait dans les minutes suivantes accompagné de Titin qui avant de partir émettait quelques doutes :

- Dis Ju, c'est quand même bizarre qu'il n'arrive pas à la protéger l'Adèle, Dan Matracou le CRS, parce qu'il la surveille de près, de très près même. Je vais te dire qu'un soir…

La suite croustillante, se perdit dans la rapidité du départ.

Effectivement en arrivant sur place, force était de constater que Dan un beau gaillard quand même se tenait entre les deux harpies qui en était aux paroles furieuses.

Adèle la première :

- Salope, voleuse de bijoux, ce trésor c'est moi qui l'ai trouvé, la loi elle dit que c'est le premier…

A laquelle tout aussi véhémente Frida elle aussi, revendiquait un titre de propriété
- C'est moi la propriétaire, j'ai sorti du sable après que je me sois blessé sur la ferraille une espèce de couronne avec des pierres dessus et avec le sac qui est venu avec. Toi tu étais en train de te faire peloter par ton maitre-nageur comme tous les matins.

Après avoir séparé les deux parties, Julien s'empare des pièces à conviction et en fait l'inventaire qu'il fait confier a Dan Matracou le CRS, comme témoin destiné à authentifier le tout. On y trouve :
- Une couronne abyssinique avec quelques pierres de peu de valeurs et des tessons d'amphores
- Et surtout pièce rare, une lampe à huile en or.

C'est cette pièce qui à déclencher la bagarre entre les deux touristes, ce dont Julien se serait bien passé grondant :
- Elle est maudite cette cargaison.

Pour lui, le comble fut atteint quand il se rendit compte que le Pompaloli était déjà en train de faire parler la Frida.

La suite lui occasionna bien des soucis ne pouvant expliquer comment les objets sortant d'une épave située sur la côte est de l'île se retrouvait sur cette plage au nord à plus de trois mille :
- Le courant ligure selon le journaliste…

**Le trésor d'Antinéa.
Les douze lampes à huile en or !**

# Une fin enrichissante...

Le chef de brigade accablé par ce nouveau coup du sort ne décolére pas et, enfermé avec son adjoint dans son bureau en train de lire la prose du jour :

- Le courant ligure ! Non mais, il suffit qu'un soi-disant reporter d'investigation nous sorte cette ânerie, pour que cela soit repris par la presse nationale. Même internationale, car sont présentes en plus, deux femmes, une luxembourgeoise et l'autre allemande.

  Surtout que ledit courant ligure, il passe à Porquerolles mais bien au large nous apportant de l'est tous les déchets que l'on trouve en abondance au fond de l'anse de la Galère. Mais à la plage d'argent il faut m'expliquer !

- Le pire, c'est que c'est maintenant la version officielle qui m'a été confirmé par ma hiérarchie, ce matin par un ordre oral, bien sûr.

Le brigadier-chef Santunet approuve son supérieur :

- Surtout, que nous on le connaît le courant ligure en question. A ce sujet, chef je l'ai fait convoquer, elle attend à côté, je la fais venir.

Effectivement Antinéa allait se retrouver dans les minutes suivantes devant les deux gendarmes où à bureau fermé :

- Alors, on se transforme nuitamment en courant marin, alors que nous avons un témoin qui vous a vu rôder avec une pelle sur la plage à l'endroit incriminé. Vous pouvez parler maintenant de la théorie du Pompaloli, fait pour lequel on ne peut même pas vous poursuivre.

  Nous en avons assez de vous voir intervenir, même discrètement, je pourrais dire aussi mystérieusement. En ombre sous la mer, d'accord cela nous as bien rendu service, permettant d'éloigner la bande de malfrats, votre parentèle je crois.

- Mais maintenant en ombre terrassière c'est trop !

  Et surtout pourquoi ? Quels sont vos buts cachés ?

  Parlez donc, vous vous sentirez mieux

Cette invitation est souvent utilisée par les forces de l'ordre dans des interrogatoires rendus obligatoirement et seulement psychologiques.

Ne fut suivi d'aucune réponse si ce n'est un torrent de larmes. Qui plus est, dans un si joli visage qui fit fondre Julien. Néanmoins il ne s'en tint pas là :

- Bon maintenant, vos vacances sont finies. Nous allons en rester là et faire abstraction de cette dernière page sur le trésor de ce Tedeschi.
- Mais vous ! Vous allez quitter l'île pour rejoindre votre cousin, si vous en avez envie.

Ce n'est pas en Grèce où elle n'avait rien à faire, mais à à Paris que se trouvait trois mois plus tard la belle Antinéa. Dans l'île de son parent, il se déroulait à nouveau des esclandres, bagarres nocturnes et autres algarades.

Ce qui se révélait très grave le beau Esclampio cité dans un journal national grec, qui visiblement avait repris son travail de faussaire à la chaîne :

- Le célèbre archéologue Esclampio Proxopoulos auquel nous devons la découverte de l'une des sœurs de la Vénus de Milo a failli périr agressé en pleine nuit, alors qu'il sortait de son atelier réparatoire.
- Il aurait essuyé une rafale de pistolet mitrailleur peut être volontairement maladroit, n'ayant pas été touché.

Ayant téléphoné à la mère de son cousin Sclampio, elle aurait appris en fait que ce dernier avait bien partager les statuettes carthaginoises avec ses « amis ». C'est la suite qui avait déclenché cet avertissement sous forme d'attentat quand on sait qu'il lui était reproché d'avoir, comme à l'ordinaire, fourni de misérables copies qui se seraient effrités dans les mains de leur nouveau propriétaire, le texan acheteur bien connu et privilégié W. Slipmann.

Qui fou de rage vu la somme extorquée, aurait été déposé une plainte. On attendait sans trop y croire l'arrivé d'une brigade de policiers.

Antinéa se réjouissait de ne pas être au soleil des Cyclades, mais assise à la terrasse d'un bar renommé pour la fréquentation des artistes, très proche d'une salle de mises aux enchères célèbre.
Elle était en train de lire fort justement le catalogue des ventes du jour où elle s'extasiait en voyant paraitre :
-	Vente d'une lampe à huile grecque en or massif, d'une provenance ne pouvant pas être citée, donc étiquetée du trésor de Porquerolles…Le vendeur désirant conserver l'anonymat.
Antinéa de se murmurer :
-	Cela m'a couté une partie de mon butin surtout la lampe à huile de la plage d'argent certes. Mais comme cela je suis arrivé à faire authentifier et mettre en circuit mon trésor…une fois par an.
	Vu le prix que je vais en tirer, j'aurais de quoi vivre gentiment.
	Et qui sait d'aller prendre des vacances à Porquerolles.
	Car maintenant qu'un mystérieux trésor existe, d'autres singulières découvertes pourraient avoir lieu…va savoir comme ils disent sur le port.

**A la Jasse d'Esther aux Plantiers en Cévennes**
**Avril/ aout 2019**

**A la Coraline**
**Septembre/octobre 2019**
**Juin/Juillet 2020…**

 Le Grec, de son vrai nom Sagona, c'est un cargo à vapeur

Sous pavillon de complaisance, il va traverser la Méditerranée pour son dernier service Et, le 3 décembre 1945, le Sagona, officiellement chargé de vin, s'engage dans la passe entre les îles de Port-Cros et Porquerolles. Cette zone, qui a été minée pendant le conflit, n'est pas encore complètement sécurisée et il n'est pas rare d'y découvrir encore quelques mines oubliées, comme ce fut le cas à peine trois semaines plus tôt, avec le Prosper Schiaffino, dit « le Donator », qui a coulé dans le secteur, suite à l'explosion d'une mine. Et justement, c'est à trois cents mètres de là que le Sagona touche à son tour un de ces engins, qui l'envoie immédiatement par le fond, faisant deux morts et un disparu.

Le reste de l'équipage est recueilli par les bateaux venus à son secours, et c'est là que l'épave prit son surnom actuel : comme l'équipage et les papiers du bateau sont grecs, l'épave est depuis cette époque, surnommée : le Grec !

Mais cette origine grecque, il n'y pas que ce navire qui peut la revendiquer.

Que non ! Il y aurait eu à son bord une personne de sexe féminin qui se disait-elle, être originaire d'une Île du Péloponnèse.

Je me suis donc penché sur ce problème historique et vous allez en apprendre de belles sur…Antinéa.

Mais d'où tient-elle cette appellation ? Et que venait-elle faire à bord du Sagona. Qu'est-elle devenue après avoir disparu dans la catastrophe ?